AF196191

Tucholsky Wagner Zola Scott Sydow Freud Schlegel
Turgenev Wallace Fonatne
Twain Walther von der Vogelweide Fouqué Friedrich II. von Preußen
Weber Freiligrath
Fechner Weiße Rose von Fallersleben Kant Ernst Frey
Fichte Richthofen Frommel
Hölderlin
Engels Fielding Eichendorff Tacitus Dumas
Fehrs Faber Flaubert
Eliasberg Ebner Eschenbach
Feuerbach Maximilian I. von Habsburg Fock Eliot Zweig
Ewald Vergil
Goethe Elisabeth von Österreich London
Mendelssohn Balzac Shakespeare Ganghofer
Lichtenberg Rathenau Dostojewski
Trackl Stevenson Doyle Gjellerup
Mommsen Tolstoi Lenz Hambruch
Thoma Hanrieder Droste-Hülshoff
Dach von Arnim Hägele
Verne Hauff Humboldt
Karrillon Reuter Rousseau Hagen Hauptmann Gautier
Garschin
Defoe Baudelaire
Damaschke Hebbel
Descartes
Hegel Kussmaul Herder
Wolfram von Eschenbach Schopenhauer
Dickens Rilke George
Darwin Melville Grimm Jerome
Bronner Bebel Proust
Campe Horváth Aristoteles
Bismarck Vigny Barlach Voltaire Federer Herodot
Gengenbach Heine
Storm Casanova Tersteegen Grillparzer Georgy
Chamberlain Lessing Langbein Gilm Gryphius
Brentano Lafontaine
Strachwitz Claudius Schiller Schilling Kralik Iffland Sokrates
Bellamy
Katharina II. von Rußland Gerstäcker Raabe Gibbon Tschechow
Löns Hesse Hoffmann Gogol Wilde Vulpius
Luther Heym Hofmannsthal Klee Hölty Morgenstern Gleim
Roth Heyse Klopstock Kleist Goedicke
Luxemburg Puschkin Homer Mörike
La Roche Horaz Musil
Machiavelli Kierkegaard Kraft Kraus
Navarra Aurel Musset
Nestroy Marie de France Lamprecht Kind Kirchhoff Hugo Moltke
Laotse Ipsen Liebknecht
Nietzsche Nansen Ringelnatz
Marx Lassalle Gorki Klett Leibniz
von Ossietzky May vom Stein Lawrence Irving
Petalozzi Knigge
Platon Pückler Michelangelo Kock Kafka
Sachs Poe Liebermann Korolenko
de Sade Praetorius Mistral Zetkin

Imagina Unruh

Novelle

Karl Gutzkow

Impressum

Autor: Karl Gutzkow
Umschlagkonzept: toepferschumann, Berlin

Verlag: tradition GmbH, Hamburg
ISBN: 978-3-8424-0760-2
Printed in Germany

Karl Gutzkow

Imagina Unruh

Novelle

Es ist vergebens! Traumerguß –
Das Säuseln einer Linde!
Und was sie träumet – ach es muß
Verwehen in die Winde!

1.

Wer in Italiens gegenwärtigen Kunstzuständen heimisch ist, wird
Gelegenheit gehabt haben, daselbst dem unbestrittenen Ruhm einer
deutschen Malerin, der Gräfin Imagina von Wartenberg, zu begegnen. Sie ist nicht etwa in den Galerien von Mailand, Florenz, Rom
und Neapel anzutreffen, wo sie, wie reisende Engländerinnen,
durch ihre Staffelei die berühmtesten, von ihnen copirten Gemälde
dem Publicum unzugänglich macht: vielmehr beruht ihr Ruf auf
der Ursprünglichkeit und freien, unmittelbaren, nicht nachahmen-
den Eingebung ihres Talents. Ihre Erfindungen sind allgemein ge-
würdigt. Und wenn sie in der Farbe auch bis zur Stunde noch zu
keiner so großen Meisterschaft hat vordringen können, wie in der
Zeichnung, so bewegt sich gerade ihre vorzüglichste Stärke in jener
Mittelsphäre zwischen Farbe und Kreide, wo man die bunten Reize
der erstern nicht mehr vermißt, ja sie geradezu für eine Entstellung
des Ahnungs- und Beziehungsreichen halten würde, was die letzte-
re andeutet. In Blätterwerk, Arabesken, phantastischen Gruppirun-
gen hat diese zarte weibliche Hand so viel Liebliches hervorge-
bracht, daß man nur die sonderbare Scheu und Aengstlichkeit be-
klagen muß, mit welcher die deutsche Künstlerin ihre Arbeiten der
Welt verschließt und nur selten, nur vor ihr vertraut gewordenen

Personen zu bewegen ist, ihre reichen, künftiger Bewunderung vorbehaltenen Mappen zu öffnen.

Gibt schon dieser Reiz des Geheimnißvollen der jungen und schönen Frau einen doppelten Zauber, so steigert sich dieser vollends zum Märchenhaften, wenn man mit der Lebensgeschichte einer noch so jungen Existenz vertraut wird. Wenigen nur mag diese Gunst des Zufalls zu Theil geworden sein. Daß Imagina von ihrem Gatten, dem Grafen von Wartenberg, geschieden ist, weiß alle Welt. Wegen einer an ihm begangenen Untreue behaupten Einige, wegen eines Misverständnisses Andere. Das wahre Sachverhältniß ist aber ein völlig anderes, wie die nachfolgenden Blätter beweisen werden. Nur so viel schicken wir voraus, daß die Annahme, beide Ehegatten wären nach einer auffallend kurzen Ehe, da Imagina katholisch und der Graf lutherisch ist, aus religiösem Zwiespalt getrennt worden, völlig in der Luft schwebt.

Imagina ist die Tochter des Freiherrn von Unruh, eines königlich preußischen Landraths in der Provinz Schlesien, Kammerherrn, Capitains außer Diensten und Ritter mehrer Orden, nicht verwandt mit jener Hauptlinie der Unruhs, die sich in Zedlitzens preußischem Adelslexikon verzeichnet findet. Der Capitain war seit manchen Jahren Witwer und hatte, noch während er in der activen Armee stand, sein einziges Kind einem Frauenkloster in der romantischen Grafschaft Glatz zur Erziehung überlassen, dann aber, als er zur Landwehr als Major nicht übergehen mochte, sondern die »Civilversorgung« einer Landrathsstelle vorzog, sein Kind zu sich kommen lassen und sie so gut erzogen, als es nach den Grundsätzen eines alten graubärtigen Säbelknopfes für »Gott, König und Vaterland« möglich war.

Freilich ergaben sich dadurch die schroffsten Gegensätze, was die Gesinnung anlangte. Die Aeußerungen dieser Gesinnung aber betreffend, war der Landrath ganz damit einverstanden, daß Imagina ihrem Namen, Freiin von Unruh, auch durch die That Ehre machte. Was das Kind Wildes und von der Ordnung des Herkömmlichen Abweichendes trieb, war ihm in dem Falle, daß es nur mit seinen Gendarmen, den berittenen und unberittenen, in keine criminelle Berührung führte, immer willkommen; nur verstand er selten den Sinn und die Absicht des wunderlichen Wesens, dessen Natur ausschließlich zum Träumerischen und Schwärmenden hinneigte. Der Landrath fühlte die Ironie nicht, daß er bei seinen Conduiten-, Moralitäts- und Mortalitätslisten, bei seinen Viehseuchen- und Markttagevorschriften, bei seinen Paßreglements und Schubtransporten ein Kind erzog, das durch seine ganze polizeiliche Ordnung wie ein Comet fuhr und die Poesie selbst war. Was ihm an jedem andern Bewohner seines Landrathsbezirks würde verbrecherisch erschienen sein, als Störung mindestens der öffentlichen Ruhe und des Staatsgeleises, das lockte ihm bei seinem Kinde Thränen des heftigsten Gelächters hervor, Thränen, die ihm um so theurer zu stehen kamen, als er ihnen das größte, schmerzlichste Opfer seines Daseins bringen mußte, das des dampfenden Meerschaumkopfes, den er beim Lachen aus dem Munde nehmen mußte, was er kaum vor dem Oberpräsidenten that, wenn dieser auf Inspectionsreisen von Breslau bei ihm vorsprach.

Aus dem reichen, träumerischen Jugendleben dieses Kindes wollen wir nur wenig Ereignisse hervorheben. Sie sollte im dreizehnten Jahre zur Vollendung ihrer Erziehung oder richtiger gesagt, zum Beginn derselben und zur endlichen Zähmung ihrer Verwilderung nach Breslau in eine Pension geführt werden. Da sie aber vor dieser Reise eine unglaubliche Furcht bekam, so hatten die Bedienten und Gendarmen des Landraths Mühe, das flüchtig gewordene Mädchen aufzusuchen. Da man sie, die Allgekannte, in Wald und Feld immer wieder bald entdeckt hatte und mit militairischer Begleitung, natürlich immer im Scherz und mit heiterstem Anstand und einem tausendfachen: »Aber, Frölen, aber, Frölen!« wieder heimführte, so flüchtete sie sich zuletzt in einen ihrer Lieblingsverstecke, in die Gruben der Bergleute. Die Gegend im schönsten Theil des schlesischen Gebirges war reich an ergiebigen Schachten. Der Bergbau stand unter des Landraths besonderer Aufsicht. Die Grubenleute, die Unter- und Obersteiger waren in Bischofswalde, seinem Wohnort, heimisch und jeder kannte Imagina, die in weißen Pumphöschen, mit einem saubern kleinen Mützchen über die blonden Locken, kräftigem Fausthandschuh an der Rechten der zierlichen Hände, eine Laterne in der Linken, zu Schachte fuhr und stundenlang in den größern Kammern verweilen konnte, bis sie einige Hundert Klafter tiefer auf einem kleinen Rollwagen wieder ans Tageslicht kam. Aus einer dieser Kammern, wo sie unter glitzernden, darin aufgehäuften Metallseltenheiten, hinter einer Marmortafel, die zu Ehren des ersten Bebauers dieser ergiebigen Erzschichten dort aufgestellt war, einschlummerte, mußte sie erst hervorgeholt werden, um endlich den Wagen zu besteigen, der sie in die Pension führte.

Imagina glaubte Alles, was die Bergleute von Schauerlichkeiten aus dem unterirdischen Reiche der Gnomen ihr erzählten. Das aber, was sie an diesem wichtigen Tage, der einen Abschnitt ihres Lebens bildete, gesehen hatte, übertraf doch noch die Geschichten selbst des ältesten der Steiger, der so Vieles schon da unten gesehen hatte, so Vieles unten vorauserlebte, was oben wirklich später zutraf. Imagina hatte ja deutlich gesehen, daß sich eine weiche Thonschieferlage vor ihr öffnete. Deutlich wußte sie ja, daß sie sich in der spärlich von ihrem Flämmchen erleuchteten unterirdischen Friedrich-Wilhelms-Kammer von ihrem Sitz, einem großen Basaltsteine, erhoben hatte und in diese Oeffnung eingetreten war. Da war sie eine Weile gewandelt, langsam, heimlich. Die Wände zur Rechten und Linken wurden immer weiter und höher, immer blendender die Metalle, immer reicher die Adern, die quer über sie hinwegliefen. Dann ward es heller und immer heller und plötzlich fiel ein bläuliches Licht von oben hernieder, das viel magischer, viel reiner schimmerte, als oben der blaue Glanz des Himmels. Sie war in einer Halle von wunderbarer Schönheit, wie es schien, recht die gediegene Hauptsilberkammer des ganzen Gebirges. Die edelsten Erze hingen wie in Tropfsteingebilden von der hohen Decke, und von den schimmernden Metallblumen kam gerade, wie ihr schien, dieser blaue Glanz, der so tief ins Herz wie ins Auge drang. Sie zitterte vor wonnigem Weh. Diese Pracht hatte ihr nur im Traume möglich geschienen. Wie erstaunte sie aber erst, als ihre Augen immer heller und heller sahen und die Nebel sich weghoben wie von einem goldenen Throne, auf den sich ein Greis setzte mit silberflutendem Barte, diamantner Krone und flimmernd rieselndem Gewande. Das wußte sie gleich: das war der König Kobalt, von dem sie schon so Vieles erfahren hatte, dessen Lebensgeschichte, Leiden, Freuden, Kämpfe und Siege sie alle kannte, mehr als man von Rübezahl weiß, dem Geist des Riesengebirges, der von dem Innern des Berges ausgeschlossen ist. Hier unten herrschte König Kobalt mit seinem Minister Nickel, den sie auch an dem Throne sah, ein ganz kleines

Männchen, sehr röthlichweiß, die Feder hinterm Ohre und mit vielen glänzenden Orden auf der Brust. Aber der blaue Glanz, der Alles erhellte, der kam nicht von oben, nicht von unten, sondern der strahlte geradezu vom König Kobalt aus, am meisten aber aus seinen himmlischblauen, ganz azurklaren Augen. Die Freude, die Lust, das bebende Entzücken dieses Anschauens dauerte nur zu kurz für Imagina. Denn bald ertönte ein dumpfes Rollen fernher, wie ein anziehendes Gewitter nach langen, schwülen Sommertagen. Imagina hielt sich an der Wand der sich verdunkelnden Halle fest, Blitze zuckten aus Oeffnungen, die man nicht sah, aber hintendrein rissen furchtbare Donner die Wände auf, und ganz düstere Abgründe, dunkelrothe und gelbe Schlünde öffneten sich, und der Hof des Königs Kobalt mit seinem Minister Nickel und allen Geheimschreibern und Unterthanen erglänzte nun ebenso feuerroth, wie vorhin im lieblichsten Blau. Jetzt erst im grellrothen Lichte konnte sie all die Tausende von Zwergen und Geistern, die dem König Kobalt dienten, unterscheiden. Alle schwiegen feierlich gespannt. Denn im Hintergrund des gewaltigen Saales sah man ein Graunbild eben aus der Tiefe emportauchen. Imagina wußte, wer dieser finstere Riesengeist mit einem Dreizack statt des Scepters und einer Rubinenkrone auf dem gelben Haupte war. Die qualmenden Dämpfe, die aus der Tiefe stiegen, hinderten sie nicht, den Fürsten der Hölle zu erkennen, der mit höhnischer Wuth den guten König Kobalt und seinen Minister Nickel begrüßte. Die aber blickten mit ruhiger Würde auf den fletschenden Fürsten der Hölle nieder, der wie auf einer Muschel inmitten schäumender Gewässer thronte. Diese Gewässer waren glühendheiß und spritzten dampfend empor wie aus einem tiefverborgenen Kessel. König Kobalt griff aber mit stillem Ernst in ein goldenes Kästchen, das ihm die Zwerge kniend darboten, und nahm kleine Pülverchen aus diesem Kästchen und schüttete sie in die glühenden Gewässer. Davon zischten sie auf, verbreiteten wunderbar stärkende Dämpfe und brachen sich plötzlich sanft wallend Bahn durch die Oeffnungen jener Schlucht, wo noch immer der Fürst der Hölle thronte. Nickel murmelte bei jedem Pulver, das König Kobalt aus dem goldenen Kästchen in die heißen Höllenwogen schüttete, den Namen von Städten, die Imagina bei ihrem bischen Geographie doch schon gehört hatte. Als das hineingeworfene Pulver einen gewaltigen Schwefeldunst verbreitete und die davon geschwängerte Woge nach Westen durchbrach, murmelte Nickel den Namen der Stadt Aachen. Beim Geruch von salzsaurer Talkerde murmelte Nickel: Baden-Baden. Als es nach einem neuen Pulver siedend aufzischte und Blasen warf, die den Geruch von Magnesia verbreiteten, vernahm Imagina deutlich den Namen Wiesbaden. So nacheinander hörte sie Karlsbad, Teplitz, Pfäffers und, als die Wogen sich abkühlten, Kissingen, Homburg, Pyrmont und viele andere, die ihr Gelegenheit gaben, durch König Kobalt und seinen Minister Nickel nützliche geographische Kenntnisse zu sammeln. Als die wilden Wasser sich verlaufen hatten, schickte sich auch der Höllenfürst an, sich mit rollendem Donner zu entfernen. Schon hatte er seine auffallend schöne und weiße Hand an seine Krone gelegt, um sich dem König Kobalt mit einem ironischen Lachen, das weit mit unzähligem Echo in den Bergen widerhallte, zu empfehlen, als der blaue Fürst sich von seinem Throne erhob und mit leiser Stimme Halt! rief. Dies leise Halt! eines guten Wesens wirkte so viel, als alles schreckliche Gepolter eines bösen. Der Fürst der Hölle antwortete ehrerbietig und ganz verwundert, was dem Könige Kobalt heute gefällig wäre. Dieser antwortete mit leidender, aber ruhiger Stimme Folgendes:

Fürst der Hölle, ich habe nun seit Jahrtausenden dein böses Treiben leidlich gesegnet und den Menschen auf der Erde einen schwachen Ersatz für deine Umtriebe gegeben, die ich leider befördern mußte. Du sendest die Gewässer der Hölle aus tiefen Bergkesseln in die Höhen und lockest den Abschaum der Menschheit an jene Stellen, wo deine Höllenarme auf den Erdenrand hervorbrechen, um durch die bösen Menschen die guten zu verführen. In den Badörtern (bains oder bagni, ergänzte der diplomatisch gewandte Nickel) hausest du mit allen deinen bösen Kräften und lockest die Seelen in das Garn des ewigen Verderbens. Spieltische baust du auf, um die sich versammeln von Ost und West und Nord und Süd alle Die, welche das Schicksal nur zu geneigt sind für eine blinde Eingebung und kokette Laune des Zufalls zu halten. Mit unsern Metallen, mit den edelsten, verwirrst du die innern Melodien der Menschenseelen, daß sie nur noch auf den Klang von Gold und Silber, nicht auf den Wohllaut ihres Gemüthes hören. Geld ist leider der Ausdruck des Geltenden im Menschen, wie einmal die Erde oben geworden ist. Ist dieser moralische Halt erst schwankend, dann lassen auch alle andern Bänder nach, die die Sterblichgebornen an die unsterbliche Sitte und Tugend binden. Ehre wird weggeworfen oder auf eine lächerliche Spitze getrieben. Nach Schwertern wird gegriffen und gemordet. Die eheliche Treue ist nirgend gefährlichem Proben ausgesetzt, als in deinen Bädern, nirgend werden Verbindungen, die für das Leben dauern sollen, leichtsinniger geschlossen, nirgend gewissenloser wieder gelöst. Ein Sehnen und Schmachten nach diesen Tummelplätzen deiner Künste hat sich des ganzen jetzt oben an der Zeitenuhr aufgezogenen Jahrhunderts bemächtigt. Was nur Verderbliches ins Menschenleben eingreift (Nickel, der gemäßigt freisinnig war, bemerkte auch etwas von den Congressen), geht von deinen hier heißen, dort abgekühlten Höllenarmen aus, die ich in meiner schwierigen Stellung als Herrscher des Zwischenreiches, ich König Kobalt, dessen Dasein nur von höhern Schutzmächten garantirt ist, befördern muß durch meine segenbringenden Metalle. O, wie schmerzen mich diese Gesundheitspulver, die nur zur Anlockung der leidenden Menschheit in deine Kreise dienen müssen! O, wie fluch' ich dir, daß diese guten und heilenden Kräfte nur den Zauber deiner glühenden Fangarme vermehren müssen.

Imaginen – die ihren Vater oft von polizeiwidrigen Spielhöllen hatte reden hören und durch den Obersteiger die Natur der Heilquellen kannte – war es, als wenn der Fürst der Hölle darauf mit einer französischen gleichgültigen Phrase erwiderte, die sie auch nur wenig, trotz ihrer häuslichen Meidinger'schen Selbstunterrichtsübungen, verstand.

Der gute König seufzte und fuhr fort: Mag dies zwischen mir und dir ein Höherer entscheiden! Heute aber, Fürst der Hölle, verlang' ich für die jahrhundertjährigen Dienste, die ich dir leistete, eine Gegengefälligkeit. Denn wisse, mein jüngster Sohn, Prinz Wismuth, ist so weit herangereift, daß ich gesonnen bin, ihn auf die Oberwelt zu seiner fernern Entwickelung zu schicken. (Imagina zuckte bei dieser Stelle, weil sie auch an ihre Pension dachte.) Menschlich wird er fühlen, menschlich leiden, wie dir bekannt ist, der du selbst so oft irdische Gestalt angenommen hast, um große Menschen, die, wie z. B. Doctor Faust, durch die Umstände nicht zu bezwingen waren, persönlich zu verführen. Prinz Wismuth wird, wie ich ahne und wie es seine metallische Natur auch mit sich bringt, nirgend lieber weilen, als in den ewig verdammten Badörtern, wo mein graues Haupt in Sorgen lebt, ihn von dir und deinen höllischen Geistern bedroht zu wissen. Wenn ich meinen theuern Sohn von mir gebe und ihn entartet wieder hier unten begrüßen müßte! Gib mir ein Zeichen deiner Dankbarkeit! Was willst du thun, um meinen Sohn zu retten?

Der Fürst der Hölle verlangte das Signalement des jungen Prinzen.

Nicht eher zeig' ich ihn dir, bis du mir ein Unterpfand seiner sichern Erdenbahn gibst! lautete des blauen Königs Antwort.

Da räusperte sich der finstere Dämon in der immer dunkler werdenden Höhle und sagte: Laß ihn ziehen! Weil du meine Bäder beschirmst und mir zu meinen verführerischen Thaten daselbst durch chemische Bestandtheile dienst, so will ich dir Bürgen geben für das Wohl deines Sohnes. Welche von meinen Geistern begehrst du als Unterpfand?

Gib mir zu *Bürgen* für meinen Sohn die sieben Todsünden! sagte der König.

Ein fürchterlicher Schlag begleitete die Erwähnung dieser vorzüglichsten Gruppe aller Engel des Höllenreichs. Satan nickte: Es sei! Und in demselben Augenblick sah Imagina die Wand sich öffnen und mitten aus einem Glanze, wie von durchsichtigen Topasen, mitten aus dem Schlinggewächs silberner Wurzeln und Ranken trat ein Jüngling von bleicher Farbe, in schwarzem altdeutschen Kleide, offenem Halse, eine Studentenmütze von rothem Sammet und mit silbernen Troddeln auf den langen braunen Locken, ein Jüngling so sanft, so lächelnd, so hoheitsvoll –

Mehr hatte Imagina nicht sehen, mehr nicht vernehmen können; denn gerade, als Minister Nickel die Feder eintauchte, um mit der Hölle den Cartell einer Auswechselung des Prinzen Wismuth gegen die sieben Todsünden niederzuschreiben, da fand sich unsere Erlauscherin der Berggeheimnisse wieder auf dem etwas verlegenen Sopha ihres Vaters, der sie mit einigen Schock Wetterelements aus ihrer elementarischen Welt aufschreckte und behauptete, man hätte sie schlafend aus dem Friedrich-Wilhelms-Schacht ans Tageslicht gebracht. Der Wagen, der sie nach Breslau führen sollte, war gepackt. Der Kutscher Andres schwang die Peitsche und der Gendarme Fritze, der in Breslau eine Meldung beim Polizeipräsidium zu machen hatte und sich ein neues Pferd kaufen wollte, weil er sein altes mit Vortheil an einen Gutsbesitzer verhandelt hatte, strich sich schon seit einer Stunde ungeduldig den Knebelbart, denn er sollte die Tochter seines Landraths als Sauvegarde in die Erziehungsanstalt einer Madame Milde begleiten. Als sie von der alten Haushälterin, von allen männlichen und weiblichen Dienstboten und besonders den guten Bergleuten mit Thränen entlassen, von ihrem Vater (der seine Rührung dadurch verbarg, daß er immer nur rief: Na, ich seh' dich bald in Breslau –, na, ich seh' dich bald in Breslau) mit einem einzigen Kuß gesegnet, neben dem Gendarmen Fritze saß, konnte sie nicht begreifen, wie sie so plötzlich aus dem Reiche des Königs Kobalt in diese preußische Wirklichkeit versetzt war. Nur die heiligen Bilder und Kapellen am Weg, vor denen das fromme Mädchen nie den andächtig verneigenden Gruß unterließ, machten ihr möglich, sich endlich von Dem, was sie erlebt hatte, zu sammeln.

2.

So klar und zusammenhängend, wie vorhin erzählt, stand nun freilich nicht Alles in ihrem Gedächtnisse beieinander. Spätere Betrachtung erst ergänzte, ja das eigentliche Verständniß kam in den nachfolgenden Jahren. Oft sagte sie sich später: Alles, was ich sah, war wirklich, nur Prinz Wismuth – hier stockte sie. Es konnte der erste Student gewesen sein, den die Phantasie in den Schacht verlegte, da er ihr doch eigentlich erst vor dem ohlauer Thore erschienen war. Lärmend genug führte sich auch diese Vision ein. Denn nachdem einige Stunden des trägen Dahinfahrens und Herabrollens von den Gebirgshöhen verflossen waren und der Gendarme Fritze von dem Fräulein seines Landraths erlangt hatte, daß er rauchen durfte, entspann sich erst ein Gespräch zwischen der frommen, katholischen Imagina und dem aus der Mark Brandenburg hierher versetzten, aus Potsdam gebürtigen Gendarmen über das Wunderbare. Fritze, ein völlig aufgeklärter und abstract-denkender Weltbürger, schien nicht zu wissen, daß er eines von den tausend praktischen Organen einer christlich-germanischen, mehr mystischen, als aufgeklärten leitenden Regierungsidee war. Er gehörte, trotz seiner monatlichen Löhnung und Remontekassengelder, zu demselben lichtfreundlichen Principe, das er mitunter polizeilich zu überwachen hatte. Jede andere Auffassung des Lebens, als eine vernunftklare, nannte er mit seiner märkischen Entschiedenheit *verbiestert*, während doch gerade Nicolai und Biester in ihm völlig aufgegangen waren. Nur den Enthusiasmus des schlesischen Kutschers Andres für die breslauer Studenten theilte er nicht. Andres, als echtes schlesisches Landeskind, hatte seine innigste Freude an der Aussicht, dem gnädigen Fräulein den *ersten breslauer Studenten* zu zeigen, Imagina ihrerseits, je näher sie Breslau kam, mußte das pochende Herz mit der Hand bedecken, weil sie sich unter einem breslauer Studenten das Liebste, Schönste und Goldigste in ganz Schlesien dachte. Das war schon früh zum Ausströmen voll eingesogen, und Andres war nicht der Mann, sie eines Zurückhaltendern zu belehren. Während er die Peitsche lustig knallte und die Thürme Breslaus in der Abendsonne schon sichtbar wurden, nahm sein Auge nur den ersten etwa ihnen begegnenden Studenten aufs Korn und Imagina harrte mit pochender Erwartung, wenn Andres rufen würde: Frölen, da ist Einer! da ist Einer!

Fritze, als Potsdamer, als Gendarme, brummte über diesen ihm unverständlichen Enthusiasmus für Studenten. Er wußte zu gut, wie sein Staatsberuf in vollem Widerspruch zu dem akademischen Selbstgefühle stand, und einmal über das andere rief er aus:

Seh Er auf seine Pferde, Andres! Laß er die Studenten unterwegs! Sind lauter Thunichtguts! Drehen noch den ganzen Staat um! Rauchen wollen sie überall! Despectiren die Gendarmerie! Will Er wol zufahren!

Andres ließ sich aber nicht die Mühe verdrießen, seinem gnädigen Fräulein doch das erste junge breslauer akademische Blut zu zeigen, und als er hin- und herlugend und in der sanften Abenddämmerung die Augen zwinkernd und vor jedem Wirthshause der Landstraße angenehm lockend und pfeifend endlich wirklich den ersten Studenten entdeckt hatte und losschrie: Frölen, da ist Einer! und Imagina, im Wagen jubelnd aufspringend und hastig über Andres' Schulter sich lehnend, vom Wege aus freundlich grüßend einen Jüngling in schwarzer altdeutscher Tracht mit bloßem Hals, mit rothem Barett auf braunen Locken und mit Silbertroddeln erblickte und mit erstickter Stimme schrie: Prinz Wismuth – da ward es Fritzens märkischem Gemüthe denn doch zu arg und zornig seine Pfeife, die ihm Imagina zu rauchen erlaubt hatte, wegwerfend und den Erzieher spielend, rief er: Himmel-Donner-Wetter, Fräulein, wollen Sie wol geruhig sitzen bleiben! Hier ist blos Breslau!

Imagina hörte aber und sah nichts mehr. Sie war in König Kobalt's blauer Grotte, erblickte Nickel den Contract mit der Hölle schreiben, sah Prinz Wismuth, für den die sieben Todsünden in Versatz waren, als Student auf die Erde hinausziehen und sank träumend, zitternd und geisterblaß in die Arme einer sie herzlich grüßenden, würdigen Dame, an die Fritze einen Brief vom Landrath abgab, während Andres große und kleine Koffer, Kisten und Schachteln von der Kalesche band. Träumend und bewußtlos gab Imagina Fritzen und Andres die Hand und folgte der würdigen Dame, die sie feierlich in einen Saal voll junger Mädchen führte. Sie war in ihrer Pension.

Ueber Imaginens nächste Lebensjahre können wir um so leichter hinweggehen, als ein Brief, den Madame Milde, ihre Erzieherin, im fünften Jahre ihrer Pensionsaufnahme nach Bischofswalde an den Vater schrieb, das Meiste zusammenfaßt, was zur Seelenkunde der künftigen Gräfin von Wartenberg zu wissen nöthig ist.

Nach vielen kürzern und längern Conferenzen, die Madame Milde mit dem Landrath bald zu Ostern, bald zu Michaelis in vier aufeinander folgenden Jahren bei seinen breslauer Besuchen abhielt, schrieb eines Tages die würdige Frau dem Vater folgende Zeilen:

»Hochgeehrtester Herr Landrath!

Ew. Hochwohlgeboren haben vollkommen Recht, mir Vorwürfe zu machen, daß ich so lange nichts von mir hören ließ. Die Entschuldigung meiner überhäuften Geschäfte wäre keine; denn welche Geschäfte sind für mich dringender, als die, mich mit den Aeltern der mir anvertrauten Kinder in Verbindung zu setzen und gemeinschaftlich deren Wohl und Wehe zu berathen! Sie wissen, wie ich die holde, gute Imagina liebe! Sie wissen, wie mir dies Kind seit vier Jahren, daß es meiner Pflege und Aufsicht anvertraut wurde, ans Herz gewachsen ist; ein Ausdruck, den ich in seiner ganzen ursprünglichen Kraft gebrauche. Sie ist die älteste meiner Zöglinge, sie ist in das achtzehnte Jahr getreten und, wie ich Ihnen schon oft zu sagen die Ehre hatte, über den Kreis ihrer übrigen viel jüngern Genossinnen, ja auch längst selbst über die Sphäre meines Wirkens hinausgewachsen. Fünf Jahre lang haben Sie, bei Ihrer vielfach in Anspruch genommenen, schwierigen Lebensaufgabe, dem Kinde so viel Theilnahme gewidmet, daß Ihr Vaterherz sich über sich selbst beruhigen kann. Sie haben oft von mir Klagen, viel öfter Lobeserhebungen gehört. Sie haben sich durch das Urtheil anderer Menschen, die vielleicht weniger bestochen sind als wir Beide, überzeugt, daß die außerordentlichen Fortschritte in der Musik und Malerei, die Imagina machte, keine Selbsttäuschungen der Aeltern- oder Erzieherliebe sind. Ebenso oft haben Sie aber auch darauf gedrungen, daß Imagina dem reellen Wissen, den Sprachen, der Geschichte sich nicht so verschließen möchte, wie ich selbst es am wenigsten wünschte. Alle diese Ihnen kundgewordenen Thatsachen über Ihr gutes Kind, geehrter Herr, sind aber nur vereinzelte Dinge und stehen zu dem eigentlichen Wesen desselben in untergeordnetem Verhältnisse. Meine Pflicht ist es, ehe Imagina von mir scheidet, noch einmal im Ganzen zu versuchen, Ihnen ein Bild Ihres theuern Kindes und treu nach der Natur zu zeichnen.

Hier muß ich, kraft meines heiligen Amtes als Erzieherin, Ew. Hochwohlgeboren offen und ehrlich bekennen, daß mir Ihre Tochter einer Besorgniß einflößenden Zukunft entgegenzusehen scheint. Das sei gleich abgethan, daß ich sie das lieblichste, merkwürdigste, interessanteste weibliche Wesen nenne, welches mir je in meinem Wirken und Walten vorgekommen ist. Ob aber diese Auszeichnung Ihre Tochter zum Glücke führen wird, das weiß ich nicht und bezweifle es fast, wenn nicht die richtigen Wege eingeschlagen werden, Imagina in die Geleise des wirklichen Lebens zu führen.

Wenn ich sage, daß sie träumerisch, schwärmend, unpraktisch in einem erschreckenden Grade ist, so schieb' ich davon die Schuld auf zwei Dinge, auf die erste Klostererziehung und das einsame Walten im väterlichen Hause. Ich gehöre der katholischen Confession an, beklage aber tief, wenn Kinder in die Hände ausschließlich religiöser Erzieherinnen gerathen. Der Umgang mit Nonnen ist vollends für ein weibliches, dem Leben bestimmtes Wesen der gefährlichste. Früh gewöhnt sich das von Nonnen erzogene Kind an eine Traumwelt, die wol die Einsamkeit entsagender Klosterjungfrauen beglücken und die Stille ihrer Klosterzelle beleben kann, für empfängliche und phantasiebegabte Gemüther aber, die dem Leben gehören sollen, nur eine trostlose, unendliche Sehnsucht weckt, die nimmer irgend ein Glück der Erde befriedigen kann. Imagina hat als Kind die Legenden der Heiligen nicht nur gelesen und, was hinreichend sein sollte, mit Andacht in sich aufgenommen: nein, sie hat sie mit durchgelebt, durchempfunden, sie ist die fühlende, leidende Theilnehmerin aller der Geschichten geworden, mit denen ihre kindliche Phantasie überfüllt wurde. Noch bis zur Stunde kann ich in ihr die Vorstellung nicht unterdrücken, daß es neben unserm wirklichen sichtbaren Leben ein zweites geisterhaft unsichtbares auf dieser selben Erde gibt, und daß die Schicksale der Menschen von den wunderlichsten Launen des Zufalls durchkreuzt und die entferntesten Fäden der Geschicke zusammengewoben werden. Es ist wirklich, als wenn diese Nonnen bei ihren künstlichen Stickereien, Blumenarbeiten, Meßgewandverzierungen ein Vergnügen daran fänden, die ganze Fülle von Lebenswünschen, die in ihnen selbst ersticken mußte, in solche jugendliche Gemüther zu verpflanzen und selbst die wilden, selbst die begehrlichen Geister in den unschuldigen Seelen aufzuwiegeln. Du bist für die Welt verloren! können diese unglücklichen Schwestern solchen Zöglingen ihrer Pflege mit auf den Lebensweg, wenn sie die Klosterpforte hinter sich zufallen hören, nachrufen. Ja, ich habe eine geistreiche, durch viele Lebensstürme gepilgerte und endlich Aebtissin gewordene Nonne gekannt, die ein so verdorbenes Wesen mit fast mephistophelischem Behagen in die Welt hinausziehen sah.

Fern sei es von mir, meiner guten, lieben Imagina irgend eine Verdorbenheit ihrer Aeußerungen, irgend einen Makel ihrer reinen Seele nachzusagen; aber dieses in den Lüften schwebende ätherische Dämmern und Träumen, das ihr eigen ist, bleibt darum nicht minder gefährlicher Natur. Im väterlichen Hause hat sie, ihren Erzählungen zufolge, eine Freiheit genossen, die mich zittern macht. Diesem guten Kinde war es freigestellt, in Feld und Wald zu schweifen, während es daheim, am häuslichen Herde, versäumte, sich über die einfachsten Bedingnisse der wirklichen Welt, besonders aber über diejenigen zu unterrichten, welche in den künftigen Beruf der Frauen einschlagen. Wäre sie nicht so wunderbar graziös, die Blößen, die sie in den gewöhnlichsten Vorkommnissen des Lebens gibt, würden sie oft zum Gegenstand des Spottes machen. Sie verwechselt miteinander die geläufigsten Dinge, weiß, was für ein schlesisches Mädchen stark ist, oft nicht Leinwand von Baumwolle zu unterscheiden, stellt sich beim Essen, Trinken, in Gesellschaft so wunderlich, daß einem weniger anziehenden Wesen in diesem Falle längst müßte nachgesagt worden sein, sie wäre linkisch. Sie tanzt, aber auf eigene Art, nicht nach den üblichen, gemeinschaftlichen Touren. Sie kann keine Sprache lernen, weil ihr die Gedanken auf der Zunge nicht Stand halten, sondern sich bunt über Eck jagen. Nur in der Zeichenkunst und der Musik hat sie es dahin gebracht, daß sie ihr eignes, großes erfinderisches Talent durch die äußerlich erlernten Handgriffe unterstützen kann.

Wenn ich Ew. Hochwohlgeboren dringend bitte, in Imaginen den Sinn für das wirkliche Leben zu befördern, so muß ich hier noch einen Schritt weiter gehen. Wenn sie Geschichten und Erfindungen so durchleben kann, daß sie Tage, ja Wochen lang in ihnen heimisch bleibt und aus ihnen heraus handelt, spricht und schreibt, so ist das eine für ihre Umgebungen allerdings sehr unterhaltende Gabe, aber eine für sie selbst sehr gefährliche. Geehrter Herr Landrath, wir leben in einer eignen Zeit! Sie mögen in Ihrer Stellung mit den groben Auswüchsen jenes die überlieferte Ordnung der Dinge störenden Dranges zu thun haben, aber viel gewaltiger ist das geheime Rütteln an dieser Ordnung, das geheime Anzweifeln, das versteckte Untergraben. Ach, es gibt unzählige *unsichtbare* Verbrechen gegen das Ueberlieferte, und von den zartesten Händen werden sie verübt. Ich gedenke meines frühern Bildungsganges, meiner eignen jungen Tage. Wie waren sie anders als die jetzigen! Die frühere Literatur gefiel sich darin, einen oft vielleicht zu weit gehenden überschwänglichen Glauben an das Bestehende zu predigen. Eine Menge frommer Jugend- und Bildungsschriften lagen überall der Erzieherin zur Auswahl vor. Jetzt würde man sich vergebens nach neuen Werken dieser Art umsehen. Wir selbst lesen diese neuen Romane, die aus der Feder sogar unserer weiblichen Schriftstellerinnen fließen, mit getheilten Empfindungen. Unser Urtheil ist gereift. Wir wissen, was wir von diesen Gemälden einer wirklichen oder erträumten Welt zu halten haben; aber wie anders, wenn wir uns einmal denken, daß nun nach uns eine Generation kommt, die in den Anschauungen der Gräfin Hahn, der Ida von Düringsfeld, unserer schlesischen Landsmännin, der Fanny Lewald und vieler anderer hochromantischer Naturen aufwachsen und erzogen werden! Wol hüt' ich mich, daß ein Buchstabe von dieser Literatur in mein Institut oder wenigstens in die Nähe meiner Zöglinge dringt. Kann ich aber vermeiden, daß Imagina, ins Leben tretend, diese Schriften zur Hand nimmt und aus ihnen in langen Zügen Berauschungen ihrer Phantasie trinkt! Ist denn da noch irgend eine Form des Lebens fest und sicher, ist denn da noch irgend ein Wahn und alter Glaube heilig? Nicht, daß ich diese hochpoetischen Frauen anklage, wenn sie das ohnehin ausgebeutete Feld der Erfindung mit neuen Wirr- und Irrgärten bepflanzen, in denen sie und gereifte Gemüther sich wol zurechtfinden; aber ängstigend ist doch dieser Drang nach Idealität, wo die Wirklichkeit thront, nach Poesie des Lebens, wo die Prosa von uns Pflichten verlangt, nach Schönheit, wo so Vieles seiner irdischen Natur nach häßlich sein muß. ich denke mir, wie das Alles einst auf einen Geist, wie Imaginens, wirken muß, und wie ich für Ihre Tochter, fürchten jetzt zahllose Aeltern für ihre Kinder.

Schon jetzt hat Imagina die feurigsten Ahnungen von einer freien, nur sich selbst verantwortlichen Macht des Willens. Nur Thaten sind schön! sagte sie kürzlich. Zitternd mußt' ich antworten: »Du nennst Thaten, was Andere Einfälle nennen.« Jeden Einfall ausführen, das kann originell erscheinen, wird aber selten für schön herauskommen. Am erschreckendsten ist mir Imagina, wenn sie am Clavier sitzt und sicher zu sein glaubt, nicht belauscht zu werden. Sie variirt nur zwischen wenigen Accorden und Tonarten, ist an Fertigkeit hinter meinen meisten, selbst jüngern Mädchen zurück, und doch hab' ich gesehen, daß unter ihrem Fenster mancher Musikkundige still steht und sich nicht vom Anhören dieser wunderbaren, oft zu Thränen rührenden Phantasien trennen kann. Es ist erstaunlich, welche versteckte Leidenschaft da auf den Tasten zum Ausbruch kommt, welche Sehnsucht, welches Hangen und Bangen, welches Hinüberschweifen in Welten, die nur der Ahnung und dem Schmerze angehören. Nicht Melodien, nicht Reminiscenzen sind es, die sie spielt, ja dem rohen Ohre möchte ihre Uebung eine spielende Klimperei erscheinen; aber dem Lauschenden, dem ihr Folgenden kann nicht entgehen, was diese bald leisen, bald anschwellenden, bald langsamen, bald wogend bewegten Accorde bedeuten. Sie bedeuten nur vorläufig ein träumerisches, in unbestimmte Fernen sich sehnendes Herz. Bedenklich erst wird diese Richtung werden, wenn Imagina, wie dies jetzt geschehen soll, frei ins Leben tritt und mit den in unserer jungen Frauenwelt unglaublich spukenden Unabhängigkeitsideen vertrauter wird. Es gehen selbst in unsern besten Frauenseelen Dinge vor und Ahnungen ziehen in sie ein, die mir vor der Zukunft Grauen erregen. Selbst an das Herz treuer Lebensverhältnisse pochen Geister, die nicht aus dem blauen Himmelreich von oben kommen.

Das war es, was ich Ew. Hochwohlgeboren über Ihr schönes, liebreizendes und gutes Kind schreiben mußte. Andere, die mit ihm in Berührung kamen, mögen Ihnen von allerhand Possen erzählen, von denen sie rede, von Berggeistern, von einem Geliebten, den sie bewachen müsse, weil die sieben Todsünden für ihn aus der Hölle zum Versatz gegeben wären und ähnliche märchenhafte Späße, über die sie selbst lacht, an die sie selbst nicht glaubt, mag es auch allen Andern oft ganz schauerlich dabei über den Rücken rieseln. Auch im Religiösen hat sie etwas Freies und Schönheitsuchendes. Sie ist nicht bigott, noch weniger scheinheilig, sie bleibt in ihrer Andacht immer lieblich und menschlich. Was sie nicht aus ihrer bildlichen Welt ins menschliche Herz verpflanzen und von da aus deuten kann, das ist für sie selbst nur poetische Grille. Aber gerade dies ihr Herz hält sie für eine große geheimnißvolle Welt und weiß dahinein so viel zu dichten und zu erfinden, wie in ihr Tagebuch, wo ich auch oft finde, daß sie Bekanntschaften darin ausspinnt, die sie nie hatte, und mit Menschen redet, die sie nie gesehen.

Sorgen Sie dafür, geehrter Herr, daß Imagina eine Stellung zum Leben findet, die bestimmt und deutlich genug ist, um sie auf einen großen Kreis von ihr obliegenden Pflichten aufmerksam zu machen. Hab' ich zu ängstlich beobachtet, so will ich dem Ruhm der Menschenkenntniß da gern entsagen, wo mein Irrthum durch eine heiter beruhigende Wirklichkeit widerlegt wird. Aeltern und sich krank Glaubenden gönnt man ja am liebsten, daß sie unsere Besorgnisse beschämen! Was mich drängte, hab' ich ausgesprochen. Es bleibt Ihnen nun überlassen, aus meinem Briefe zu entnehmen, was Ihnen gut dünkt. –«

Als der Landrath in Bischofswalde diese Zeilen las, saß er vor seinem Actentische und sein Leibgendarme Fritze lugte am Fenster zur Straße hinaus, um Polizeiwidrigkeiten zu entdecken. Es war sein Stolz, daß, so weit sein Auge reichte, Alles sich im Gleise des Hergebrachten bewegte, selbst die Wagenräder der Frachtfuhrleute, die von der grünen Höhe herab in das freundliche Bischofswalde an Hemmschuhen glitten, die Fritze aus der Ferne schon für reglementsmäßig erkannte. Nur die kleinen katholischen Auswüchse der Gegend störten ihn, da ein Kreuzlein, dort auf einem Brückchen ein verwitterter und gebrechlicher St. Nepomuk und so manches Andere, worüber vornehm hinwegschauend Fritze in den rothgrauen Schnurrbart murmelte: Dieses dulden wir.

Indessen donnerte an Fritzens Ohr ein entsetzlicher Fluch des Landraths. Wir wissen nicht, wieviel Schock Mohren- und sonstige Elemente nach dem Wunsche des Capitains a. D. in Imagina hineinschlagen sollten. Der beendigte Brief war es, dem diese Explosion von Zorn und Drohungen galt.

Was bringt ein Frauenzimmer zur Raison, Fritze? fragte der Landrath seinen Gendarmen.

Der Mann! war die einfache, militairisch würdevolle Antwort.

Und der Landrath seinerseits stimmte feierlich ein: Fritze! Meine Tochter wird verheirathet.

Madame Milde würde sich nicht erbaut haben über die Kritik, die ihr Brief in Bischofswalde zu erfahren hatte. Der Landrath fand ihn zimperlich und quengelig, und hätte sie's nur hören können, der barsche Haudegen sagte.

Die Frau ist auch nicht recht klug, hat auch wol keinem Mann Ordre parirt. Dem Ding wollen wir schon ein Ende machen.

Die Schwierigkeit, für Imagina von Unruh einen Mann zu finden, war deshalb nicht so groß, weil gerade in Breslau Wollmarkt war. Die außerordentlich reiche Schafwollproduction dieser Provinz versammelt in jedem Junimonat des Jahres die Gutsbesitzer auf dem gesuchtesten aller Wollmärkte, den selbst englische Agenten beziehen. Was in Posen die Johannis-Versur, im Holsteinischen der Umschlag ist, das ist in Breslau der jährliche Wollmarkt, das Stelldichein der in den Provinzen zerstreut wohnenden Familien, der Zielpunkt einer Menge geschäftlicher Verbindlichkeiten, Zahlungsfrist, Veranlassung neuer Geschäfte, kurz der Umsatz aller materiellen und moralischen Lebenskräfte dieses schönen Landes. Wenn nach des Landraths Meinung irgend etwas bei der von Madame Milde geschilderten ätherischen und zweckwidrigen Natur seiner Tochter entscheidend ins Mittel treten konnte, so war dies nur der breslauer Wollmarkt.

Im Gasthof zur goldnen Gans war es, wo sich der Landrath von Unruh unter den möglichen Partien seiner Imagina bald zurechtfand. Er vermied es diesmal, sich im entferntesten in die Debatten einzulassen, welche den größten Theil des hier versammelten Adels beschäftigten. Seine Stellung zur Regierung zwang ihn sonst wol, über Eisenbahnpläne, Creditvereine, Provinziallandtage zuweilen Rede zu stehen; aber von den Erörterungen über Kirchenthum, Domstifte und Klosterpräbenden hielt er sich diesmal ebenso fern, wie von dem Gemurr über Beeinträchtigungen der Kirche, den Vorbereitungen einer kategorischen Entweder-Oderzeitung und ähnlichen erst in neuester Zeit ausgebrochenen, aber lange schon eingeleiteten Aeußerungen des dortigen Provinzlebens. Er hielt sich diesmal mehr an die reellen Schaustellungen der Thierveredlung, der Wollproduction, und fand unter den Söhnen des auf seinen Wollsäcken ruhenden alten Grafen von Wartenberg Das, was er suchte. Die Verheirathung seiner Tochter Imagina an den Aeltesten der hoffnungsvollen Söhne des Grafen, an den frischen, blonden, etwas zum Embonpoint neigenden Grafen August war eine durchaus geschäftliche Sache. Der Gendarme Fritze hatte seine Freude daran, wie sich das alles so glatt, so reell, so netto machte mitten unter den doppelten Friedrichsdoren, welche der Agent des Hauses Smith und Scott aus Manchester dem alten Grafen von Wartenberg für seine gewaltigen Wollsäcke zahlte.

Sechs Wochen nach dem Wollmarkt war Imagina in ihrem noch nicht ganz vollendeten achtzehnten Jahre die Lebensgefährtin des Grafen August von Wartenberg.

3.

In Oos am Fuße des Schwarzwaldes verweilt der von Heidelberg nach Strasburg gehende Eisenbahnzug längere Zeit. Transportwagen mit Reisekaleschen, die für Baden-Baden bestimmt sind, werden hier ausgehängt. Wir sehen deren eine lange Reihe in das grüne Thal fahren, das den Eingang zu dem lieblichsten aller Badeörter bildet. Omnibus, Fußgänger dazwischen, wenig kranke, meist lebensfrohe Menschen, die die duftenden Blüten des Daseins genießen wollen. Es war in der Mitte des August, in der höchsten Höhe der diesmal ungewöhnlich zahlreichen Saison.

Vor allen fesselt uns ein die Nußbaumallee hinauffahrender Landau, vierspännig, aufgeschlagen, hinten mit einem Bedienten und einer Kammerjungfer, drin mit einem jungen Paare. Der Herr, ein munterblickender, frischer, rothwangiger Blondin, in einem weiß und blau gestreiften Sommercostüme, raucht aus einem Korallenpfeifchen behaglich eine Cigarre. Die Dame lüftet den grünen Schleier und läßt aus dem Hute, zum Zeichen, daß sie nordwärts kommen, gleichfalls blonde, lange, goldglänzende Locken hervorrieseln. Ihr lieblicher kleiner Mund ist röther als die zierlich gewundene Korallenspitze ihres Gemahls; denn das ist ohne Zweifel dieser behagliche, blauäugige junge Mann, der sich unendlich wohl fühlt, wieder in seinem eignen Wagen zu fahren. Seine Begleiterin, die in dem Eisenbahnwagen erster Classe von Russen und Franzosen ihrer Schönheit wegen bewundert worden war, theilte diese Meinung nicht; nicht wegen der Russen und Franzosen und ihrer bewunderten Schönheit, sondern weil sie eine gemeinschaftliche Fahrt viel anregender fände, als dies Alleinfahren. Das wüßte ich nicht, bemerkte der junge Mann; in meinem eignen Wagen weiß ich, wo ich bin; da streck' ich mich, da dehn' ich mich, da haben meine Füße Platz, da hat mein Rücken Anhalt, da greif' ich rechts und links in lauter mir bekannte Beutel und Taschen. Und dabei schwoll er ganz üppig den neuen Eindrücken entgegen, die sie nun in dem zum längern Aufenthalte bestimmten Baden begrüßen sollten.

Im Hotel d'Angleterre, beim Eingang in die Lichtenthaler Allee, waren für den Grafen August von Wartenberg mit Gemahlin und Dienerschaft aus Schlesien schon Zimmer bestellt. Imagina fand sich durch Alles, was sie sah, wunderbar bewegt und gedrängt. Diese reizende Gegend erinnerte sie an Bischofswalde. Das Grün der Bäume, die Wiesenmatten, die sich an die Berge hinanschmiegten, die gewundenen Wege der schattigen Promenaden, die düstern Trümmer des grauen Schlosses zur Rechten und links in die Zimmer ihres Hotels von außen die Musik des Cursaals dringend, das Alles beklemmte sie um so mehr, je mehr sie an den bedenklichen Ruf dieses Bades durch ihres Gemahls Erzählungen von einer Menge hier ruinirter Jugendfreunde erinnert wurde. In ihrem heimischen Warm- und Salzbrunn war das Spiel nicht offen getrieben, wie es hier sein sollte. Sie mußte still vor sich hinlächeln, als sie dabei einer vor Jahren geträumten Berührung mit dem Könige Kobalt gedachte, der damals auch Baden-Baden als einen von seinen Heilkräften bedachten Verführungsplatz der Hölle von seinem Minister Nickel hatte nennen lassen. Holde Kindheit! seufzte sie still.

Die wichtigste und feierlichste Aufgabe war nun für August zunächst das Studium der Badeliste. Er ließ sich sogleich deren neueste Nummer kommen und unterwarf sie trotz der schon hereinbrechenden Abenddämmerung am Fenster einer genauen und bei jedem Namen innehaltenden Prüfung. Er war glücklich, eine Menge Bekannte zu finden, die ihm aus Breslau, Berlin, Dresden und den schlesischen Bädern erinnerlich waren. Darüber war es Abend geworden und Imagina hatte keine Neigung mehr, schon heute Toilette zu machen und ihm auf den Versammlungsplatz der schönen Welt zu folgen. Sie ließ ihn allein gehen, zündete sich Kerzen an, öffnete weit die Fenster, in welche der Gesang der Heimchen von den Wiesen drang, nahm eine zierliche Reisemappe hervor, öffnete deren Bramah-Schloß und flüsterte, eine Menge Blättchen vor sich ordnend, still in sich hinein: Was hab' ich nachzutragen! Seit Goethe's Grab auch keine einzige Zeile mehr!

Imagina umfaßte jeden Eindruck, den ihr so plötzlich geändertes Leben bot, noch mit einer Innigkeit, mit einem so bis auf den Grund auskostenden heißen Verlangen, daß es ihr unverantwortlich geschienen hätte, auch nur ein neues Begegniß ihres jungen Lebens flüchtig hinzunehmen und es nicht in seinem ganzen Reize sich immer wieder zu vergegenwärtigen. Eine Reise führte aber deren zu viele auf. Sie mußte zur Feder greifen und sich alle die Wonnen niederschreiben, die sie seit der Abreise von Bischofswalde erfahren hatte. Was nur Dresden, Leipzig, Jena, Weimar Werthvolles und ihre Phantasie Anregendes bot, hatte sie in kurzen Andeutungen, zu künftiger leichterer Erinnerung, sich fixirt, und sie erschrak, daß sie mit ihrem Körper schon in Baden-Baden und mit ihrem Herzen noch im Park von Weimar, unter den classischen Gräbern, war. Sie gab sich auch sogleich das Wort, ihrem Gatten zu erklären, daß sie nicht eher in Baden-Baden ausgehen würde, bis auch ihr Herz, ihre Phantasie, die noch in Thüringen lebten, nachgekommen wären. Unbequem wollte sie ihm darum nicht werden. Sie schrieb und schrieb und brach in ihrer Hast dreimal den Bleistift ab, verwünschte zehnmal die gelbe Dinte des Hotels, kam aber bis zu August's Rückkehr nicht weiter als bis auf die Wartburg nach Eisenach, wo ihr das plötzliche Aufklinken der Thüre durch August einen solchen Schrecken verursachte, daß ihr das Dintenfaß umfiel, gerade bei der Stelle, wo sie von dem Dintenfasse Luther's und dem Wurf nach dem Teufel reden wollte. Sie bebte ordentlich zusammen, als sie auf ihrem sauber geglätteten Luxuspapiere denselben ungeheuern Klex sah, den sie eben beschreiben wollte.

August, zurückkehrend, war voll von allen Herrlichkeiten, die er gesehen hatte. Auch den Koch des Conversationshauses lobte er und analysirte die Sauce eines Hechts, den er zu Nacht zu verzehren sich nicht versagt hätte. Imagina bat ihn himmelhoch, zu schweigen. Sie würde zu verwirrt von Allem, was sie erlebe, sie ersuche ihn anzunehmen, daß sie noch in Eisenach, noch im Thüringer Walde und auf der Wartburg wäre, und sprach nur von dem Blick ins Rhöngebirge und dem rothen Sandstein und den hohen Linden um die Pfarrkirche von Eisenach und von den Schrecken eines Brandes, der dort einmal gehaust hätte, so daß August erst lachte, dann schläfrig wurde und zu Bett ging.

Am folgenden Morgen hatte er durchaus nichts dagegen, als Imagina erklärte, sie hielte es für eine Sünde, die Eindrücke einer Reise, die Schönheiten der göttlichen Schöpfung, die Erinnerungen der Geschichte so gewaltsam in sich aufzunehmen, daß man Eines auf das Andere stürze. Er hatte am Abend zuvil Stoff zu selbständigen Vergnügungen entdeckt, als daß ihm Imaginens Wunsch, noch daheim zu bleiben, nicht ganz genehm sein sollte.

Nun, mein gutes Kind, sagte er, bleib du also noch in Thüringen und schildere unser Mittagsessen im eisenacher Rautenkranz, bewege dich dann langsam nach Buttlar, Hünefeld und Fulda, ich werde hier in Baden-Baden indessen spazieren gehen.

Imagina hatte trotz ihres phantastischen Sinnes doch ein Talent, sich eine anmuthige Häuslichkeit zu schaffen. Schon als Kind wußte sie in einem kleinen Stubenwinkel sich ein Paar Stühle hinzustellen und sich daraus im Geist einen Feenpalast zu zaubern. So veränderte sie auch gleich hier die ganze Ordnung des Zimmers, stellte ein Möbel dort, das andere dahin, nahm eine grüne Decke, legte sie auf einen Tisch, den sie durch Ausbreitung von allerhand kleinen wenig kostenden Kostbarkeiten und Nippes zu einem Schreibbureau umwandelte. Auf ein Sopha hingestreckt, träumte sie, von August allein gelassen, und übersann, wie sie hierher gekommen, was sich alles seit Wochen mit ihr begeben hatte, wie sie so aus der Pension in die Ehe hatte treten müssen... Stoff genug für sie, sich in ein langes, langes Dämmern zu verlieren. Zwischendurch verfolgte sie auf dem Papiere, bald zeichnend, bald schreibend ihre Reise.

Es war der erste freie Augenblick, der ihr eine ungestörte Selbstbetrachtung erlaubte. Sie lebte noch einmal durch, was ihr jetzt ganz unglaublich vorkam. Der Vater tritt zu Madame Milde ein, nimmt sie in die goldene Gans mit auf sein Zimmer, klingelt, der Gendarme Fritze ruft den alten Grafen Wartenberg, der nach Art schäkernder alter Polterer sie herzhaft beim Kopf nimmt und ihr ein Dutzend derber Landküsse auf die Lippen drückt – die Alten lachen, von einem Mann wird gesprochen, vom jungen Grafen August, der per Expressen von den Gütern verschrieben werden soll, sie wird heirathen, einen jungen Mann, von dem ihr die besten und schönsten Dinge erzählt werden, Contracte werden mitten unter Wollsäcken geschlossen, Geldsummen hüben und drüben ausgeworfen, Bestimmungen über die Religion der erwarteten Kinder niedergeschrieben; der Versprochene erscheint, freundliches, wohlwollendes Zutrauen in seinen Mienen, nichts an ihm störend, die Ceremonie an zwei Altären, einem katholischen und einem evangelischen, das Band mußte ihr um so fester dünken, als es zwei Priester segneten – sie setzen sich in einen Reisewagen, fahren in die Welt hinaus und sind nun hier in Baden-Baden, nicht anders, als wie aus den Wolken gefallen!

Stundenlang mußte sie sich mit dem Durchleben dieser Abwechselungen beschäftigt haben, denn es war Mittagszeit, als August zurückkehrte und sie lachend fragte: Wo bist du jetzt?

Sie blickte auf das Papier und sah, daß sie inzwischen doch Manches niedergeschrieben hatte, und sagte: Vor dem Denkmal des heiligen Bonifacius!

Noch in Fulda also? bemerkte er mit gutmüthigem Spott, freute sich aber im Stillen auf die reizende Aussicht einer langen zerstreuenden Selbständigkeit. Athemlos wie er war, mußte sie nun aber doch Manches von Dem, was er erlebt hatte, mit anhören. Er konnte, während sie auf dem Zimmer aßen, nicht Worte genug finden, welche interessante Gesellschaft sich hier zusammengefunden hätte, die berühmtesten Personen des high life von London, eine Menge Diplomaten aus Paris, Wien, Turin, eine ganze Suite, wie er sagte, von Russen, die alle jetzt aus Italien herüberkämen; man arrangire, fuhr er französisch redend (um mich zu üben, bemerkte er) fort, man arrangire Landpartien nach Schloß Eberstein, Pickenicks nach der alten Burg von Baden, Jagdausflüge, zu welchen der Spielpächter Benazet die Hunde, der Staat das Wildpret liefere; er hätte versprochen, an Allem Theil zu nehmen, zu jagen, zu reiten, zu fahren, zu essen, zu trinken –

Auch zu spielen? fragte Imagina.

Gutes Kind, sagte August, beruhige dich! Die grünen Tische sind so belagert, daß nur ein Spieler von Gewerbe sich durchdrängen kann. Wer nicht einen Stuhl nimmt, eine Karte zum Punktiren, seine Angriffstruppen neben sich ausbreitet, kommt da gar nicht an: ich spiele nicht und brauche meine Zeit lieber zu Vergnügungen, wie ich sie hier gar nicht erwartet hätte. Uebrigens, setzte er kleinlaut hinzu, ist Alles auf den Augenblick gespannt, wo du zum ersten Male auftrittst. Heute Abend werd' ich sagen, du wärst noch in Fulda, wo wir im Kurfürsten –

Er wollte sagen: recht sanft geschlafen haben, und schlief statt dieser Phrase selbst ein, wie es immer nach Tische seine Gewohnheit war. Imagina ließ aber inzwischen anspannen, bezahlte reichliche Trinkgelder und sprengte – das heißt auf dem Papiere – in sausendem Galopp der einförmigem Gegend hinter Schlüchtern zu. In Gelnhausen fesselte sie ein schiefer Thurm und sie zitterte, als ihr dabei wie ein Harmonikaklang ins Ohr tönte: Pisa. So etwas, wie Pisa, wagte sie noch gar nicht zu denken, obgleich die Schweiz doch diesmal auch schon gesehen werden sollte. Schon war sie auf dem Hirschgraben in Frankfurt am Main und faltete sinnend in Goethe's Geburtshause die weißen Hände, als August aufwachte, neue Toilette machte und sich mit einem Kuß zum erneuten Besuche des Conversationshauses empfahl.

Am folgenden Morgen kam endlich Imagina selbst in Baden-Baden an, und nun hatte sie eine unwiderstehliche Sehnsucht, alles Das, was August bereits so hinreißend gefunden hatte, auch ihrerseits in Augenschein zu nehmen. Er eilte sich gerade nicht, sie seinen Vorsprung einholen zu lassen. Doch entschied er sich endlich, am folgenden Tage, sie bei einer Art Corsofahrt, die gegen Untergang der Sonne in der Lichtenthaler Allee stattfände, in die fashionable Welt Badens einzuführen. Der leichte und elegante Reisewagen wurde gesäubert, die farbige Seite der Polster und Kissen herausgelegt, Andres (denn dieser war als Diener von Bischofswalde gefolgt) mußte seine Staatslivree, hellblau und gelb, anziehen und eine Stunde währte es, bis August mit seiner eignen Toilette und der seiner Frau, die darüber in eine wahre Angst kam, fertig wurde. Endlich gab er ihrem himmelblauen Kleide, dem Spitzenkragen, dem Hute und Schleier seinen leidlichen Beifall und hinaus bogen die Rosse in die Abendschatten der Lichtenthaler Allee. Bald auch wurde das Paar bemerkt, und Imagina erstaunte über die große Zahl der Bekanntschaften, die August schon gemacht und zu grüßen hatte. Zweimal ging es bis zum Kloster auf und ab, Imagina athmete den reinsten würzigen Wiesenduft und verneigte sich traulich jedem Gruße, den sie empfingen. Sie machte Aufsehen, ohne es zu wissen, und auch vielleicht August wußte es nicht.

Aus einer eignen schweigsamen Stimmung befreite ihn endlich ein lautes, fernherschallendes Pferdegetrappel. Eine lange Cavalcade von Damen und Herren zu Roß sprengte in die Allee, mäßigte dort ihren Lauf und hielt noch einen Paraderitt mitten unter den Wagen, in welche sich mehre der Reiter und Reiterinnen hineinbeugten. August's Landau war sogleich von dem ganzen Schwarm umringt und nun erstaunte Imagina, wie heimisch ihr Gatte schon geworden war, während sie schüchtern die neugierig kritisirenden Begrüßungen erwiderte. Eine Dame aber vor allen Uebrigen drängte so dicht an den Wagenschlag mit ihrem Miethroß, blickte so neugierig unter Imaginens Hut, ließ die Reitgerte so tänzelnd in der Luft spielen und ergoß sich in einen solchen Strom von zärtlichen Versicherungen ihrer Ungeduld, die Gräfin Imagina kennen zu lernen, daß diese über und über erröthete und kaum ihr ängstlich klopfendes Herz halten konnte.

Sie werden doch am Conversationshause absteigen, hieß es französisch aus dem Munde aller dieser muntern Gesellschafter, und die kleine schwarze Dame vor allen bat so flehentlich, dort die Musik zu hören und ihr das Glück dieser ersehnten Bekanntschaft gleich in vollem Maße zu schenken, daß sie die Versicherung gab, später dort erscheinen zu wollen. Darüber sprengte die Suite fort und Imagina athmete wie erlöst auf.

Nicht wahr, amusante Gesellschaft? sagte August nach einer drückenden Pause.

Wer ist die kleine freundliche schwarze Dame? fragte Imagina.

Die Seele der ganzen Saison, antwortete August, eine Frau comme il faut. Sie gibt für Alles den Ton an. Sie arrangirt die Partien, sie vermittelt die Bekanntschaften, für jeden Tag weiß sie etwas Neues, ein Weibchen wie Quecksilber, hin und her, witzig, geistreich, belesen, äußerst charmant.

Imagina fand das auch. Wie heißt die liebenswürdige Frau? fragte sie mit gutmüthiger Unbefangenheit.

Es ist die Witwe eines polnischen Adligen –

Gewiß mit einem schwer auszusprechenden Namen, fragte Imagina, als August stockte.

Nein, nein, mein Herz! Baronin Feodore Zaluska, eine Witwe – wir nennen sie nur Feodore und sie ist so liebenswürdig, daß sie uns auch Allen gestattet, sie mit diesem einfachen Namen zu rufen.

Der Wagen hielt jetzt am Anfang der kleinen Reihe von Verkaufsbuden, die dem eleganten Charakter dieses Schwarzwaldbades neben seinen Naturschönheiten auch etwas vom deutschen Jahrmarkt geben. Das junge Paar stieg aus und Imagina, diese Buden mit tiroler Handschuhen und nürnberger Spielzeug erblickend, setzte sich auch sogleich daraus einige modische Schwarzwaldgeschichten zusammen. Von obenher aus einem Pavillon rauschte Harmonikamusik, und endlich schritten sie über die gekieselte Promenade vor dem Conversationshause. Dort links sind die grünen Tische! sagte August, um sie zu unterrichten. Sie erschrak heftig und zog ihn von jener Seite fort. Der Traum vom Höllenfürsten fiel ihr immer unwillkürlich ein und sie mußte lächeln. Sah denn nicht Alles so heiter, so freundlich, so menschenglücklich aus?

Nach längerm Harren und Wandern durch das zuletzt ermüdende Gewühl erschien in Begleitung ihrer Kammerjungfer Feodore Zaluska, höchst geschmackvoll umgekleidet, von einer Grazie und Eleganz, die Imagina beinahe beängstigte. Sie war in der That kleiner als diese, aber unendlich beweglich, sehr zierlich gebaut, von großer Anmuth in den Formen des Gesichts und von einem sprechenden Ausdruck ihrer blitzend schwarzen Augen. Imagina wußte nicht, wie ihr geschah, da sie von dieser ihr doch ganz fremden Dame wie mit Zärtlichkeiten überschüttet und von Schmeicheleien erdrückt wurde. Diese Feodore, die rechts und links die Grüße der fashionablen Welt mit Gleichgültigkeit erwiderte, schien sich ihr unterzuordnen. Alles an sich sah sie plötzlich bemerkt, hervorgehoben. Feodore hatte die schönsten Worte für ihren Wuchs, für ihr Haar, für diese goldnen Locken, die in der That durch die inzwischen einbrechende Nacht zu leuchten schienen. Alles an ihr rühmte Feodore, sogar ihre Toilette, und was sie am meisten überraschte, ihre, wie sie wußte, mangelhafte französische Aussprache.

Das auf- und abwandelnde Kleeblatt setzte allmälig Blatt an Blatt an. Es wurde ein ganzer Strauß von Herren und Damen und, wie man bald sah, das Bouquet der Gesellschaft. August gab Feodoren den Arm, und da es kühl wurde, forderte man sie auf, in die Säle einzutreten. Dies war für Imagina ein tödtlicher Schreck. Sie kam sich in ihrer Furcht lächerlich vor, aber es war ihr unmöglich, in die schimmernden, kerzenerhellten, jetzt von Musik rauschenden Säle zu treten; denn zwischendurch hörte sie das sonderbare Klimpern des Geldes und den grellheisern Ton des Einharkens und Einscharrens der von der Bank gewonnenen Summen. Sie wußte allerdings, daß die Geschichte von ihrem König Kobalt und von den heißen Teufelsquellen ein Märchen war, das zum größten Theil dem alten plaudernden Obersteiger in Bischofswalde gehörte, aber wenn sie erwog, wie viel sie nun heute schon erlebt hatte, wie rauschend das

Alles um sie herwogte und wie still es daheim in ihrem Zimmer jetzt sein müsse, so glaubte sie es wagen zu können, eine Caprice zu haben. Sie schlug den Besuch des Saales aus. August war freilich sehr verstimmt darüber und ärgerte sich, sie nach Hause begleiten zu sollen; aber im dunkeln Schatten harrte ja Andres mit einem Shawl und ein weltberühmter Virtuose, der zur Gesellschaft gehörte und von einigen emancipirten Russinnen »fürchterlich« angebetet wurde, erbot sich, sie an das »à deux pas« gelegene Hotel d'Angleterre zu geleiten. Die gute Imagina wußte gar nicht, welch ein Glück ihr widerfuhr und wie sie von den emancipirten Russinnen beneidet wurde! August blieb mit Feodore und den Uebrigen. Sie selbst schlüpfte wie eine Sylphide unter den nächtlichen Schatten des flüsternden Laubes hinweg. Der Virtuos, der ganz erstaunt war, wie jemand in seine Nähe kommen und nicht vor ihm in Liebe und Bewunderung vergehen konnte, sprach etwas von quatre mains und von einer ihr bestimmten Widmung seiner im Druck erscheinenden neuesten Transscription. Sie hauchte eine verbindliche Phrase, hatte die kleine Oosbrücke erreicht, stand vor den Orangenbäumen des Portals zu ihrem Gasthofe und wußte nicht, wie sie oben in ihren Zimmern zur rechten Besinnung auf alles Das kommen sollte, was sie heute so neu und wildfremdartig erlebt hatte.

4.

Das fühlte sie nun wol am Abend, in der Nacht und am Morgen, daß Das nimmermehr ihre Welt werden könne! Sie besaß zu wenig Erfahrung, ihrem Misfallen einen bestimmten begründeten Ausdruck zu geben. Sie hätte Das nimmermehr sagen können, was sie fühlte, aber behaglich war ihr Nichts, Feodore ausgenommen, die sich ihrem Gemüthe wirklich eingeschmeichelt hatte. Das, was ihr immer fehlte, eine ältere und doch jugendliche Freundin, Das, behauptete wenigstens August, hatte sie in Feodore gefunden. Die Baronin ist von dir hingerissen, sagte er. Vertraue dich ihr an, laß dich von ihr leiten, sie hat die Welt gesehen, sie weiß, was der gute Ton erfordert, du kannst dich glücklich schätzen, bei deiner Jugend in diese bildenden Hände zu gerathen. Wenn jemand aus dir etwas machen kann, die ist's!

Sie glaubte das in vertrauensvoller Unschuld. Man beschloß, der Baronin einen Anstandsbesuch zu machen. Sie erwartet uns, sagte August, und um so eher müssen wir zu ihr gehen, als es Zeit ist, das Hotel zu verlassen und eine Privatwohnung zu nehmen, die sich im ersten Stock des von der Baronin bewohnten Hauses nicht gelegener bieten kann.

Imagina trennte sich ungern von der kleinen Häuslichkeit, die sie sich schon begründet hatte, allein sie hatte von Feodore selbst so viel Schönes über deren Wohnung bereits gestern vernommen, daß sie ihren Gedanken gern eine andere Richtung gab und mit der ihr eignen Befangenheit dem jungen Gatten, der ihr im Grunde so beängstigend neu und mit jedem Tage fremdartiger wurde, folgte. Gerade jemehr sie sich an ihr plötzlich geändertes Lebensloos gewöhnte, desto beklemmender waren die Betrachtungen, die sie dann bei sich im Stillen anknüpfen mußte.

Nach einigem Harren in einem Vorzimmer empfing Feodore das junge Paar mit unbeschreiblicher Grazie und Freundlichkeit. Sie umarmte Imaginen und führte sie in ihr Wohnzimmer, dessen Fenster mit Blumen verbaut waren und eine liebliche Aussicht auf das terrassenförmig gebaute Städtchen und die aus den Büschen hervorschimmernde neue Trinkhalle gewährten. Ein kleiner bellender Spitz wurde von August, der hier schon völlig heimisch war, zum

Schweigen gebracht. Die Baronin klingelte. Ihr Kammermädchen mußte dem Wirth ankündigen, daß die Herrschaft da wäre, welche oben den ersten Stock miethen wolle.

Liebe Freundin, sagte die Baronin französisch, wir wollen uns das bequemste und anmuthigste Leben etabliren. Heut' Abend erscheinen Sie zum ersten Male im Conversationssaale, wo die Zimmer rechter Hand der gewähltern Gesellschaft gehören; morgen machen wir eine Partie nach Eberstein und für übermorgen ist ein großer Pickenick nach der Schloßruine angesagt. Der Graf hat sich schon erklärt, daß er für seinen Theil den Champagner liefern wolle.

Die achtzehnjährige junge Frau lächelte beklommen und wußte sich nicht anders zu helfen, als daß sie von dem phantastischen Schlafrocke der Baronin sprach, den sie wunderbar schön fand.

Die Baronin küßte Imagina die Hand und antwortete erst kurz: O, wie lieb' ich Sie! Dann aber begann sie den Anzug der Gräfin zu mustern und entwickelte nun ein sehr feines kritisches Talent, welches aber heute nicht mehr die schmeichelhaften Resultate wie gestern hatte.

Sie sagte: Herrliches, bestes Wesen! Sie kleiden sich nicht gut. Wir müssen nach Strasburg fahren und Stoffe für Sie kaufen. Blond und blau ist zu jugendlich, zu mädchenhaft. Man verbindet jetzt schwarz mit blond; Sie behalten ja den Vortheil Ihrer achtzehn Jahre immer darum doch ungeschmälert, wenn Sie auch wie einundzwanzig aussehen. Nicht wahr, Graf Wartenberg?

Allerdings, bemerkte dieser, der sich daran zu weiden schien, eine Frau zu haben, die beinahe noch ein Kind war. Die Baronin, kaum älter als vierundzwanzig Jahre, nahm darum, daß sie Imaginen erzog, noch nicht das Aussehen einer Bonne an. Sie bat, ihr zu erlauben, einige kleine Bemerkungen über die neueste Mode der Saison zu machen. Während Imagina ihrem Unterrichte zuhorchte, zupfte die Baronin bald da, bald dort an ihren Kleidern und erklärte die Taille derselben für ebenso verfehlt, wie den Ausschnitt der Brust nicht schließend genug. Ach, recht armselig, unbedeutend und kindisch kam sich Imagina vor, als sie die Stufen hinaufstieg, die in den ersten Stock führten. Sie hätte weinen mögen, als ihre Blicke auf August fielen. Sie begriff gar nicht, wie sie dazu käme, sein unwürdiges, unerzogenes und unbedeutendes Weib zu sein.

Die Wohnung wurde für zweckmäßig erkannt, behandelt und noch im Laufe desselben Tages bezogen.

Eine neue Wohnung ist uns nur dann heimisch, wenn wir zum ersten Male in ihr geschlafen haben. Für Imagina reichte aber schon ein Lindenbaum, der eines ihrer Fenster beschattete, hin, es ihr traulicher zu machen, als den Gedanken, noch heute der großen Welt mit ihrer ungenügenden Toilette Anstoß zu geben. Sie sah beruhigt ihrem Gatten nach, der allein ging und dann Feodoren begleitete. Sie blieb daheim, und als am folgenden Vormittage die Baronin erschien, um einen Gegenbesuch zu machen und das Verschieben der ebersteiner Partie um einige Tage anzukündigen, als sie in einer Fülle von kleinen Artigkeiten wieder von der strengen Weltdame hören mußte, daß sie das Französische nicht fashionable geläufig genug spräche, da war ihr gleichsam außer dem Verbot, sich irgendwo öffentlich sehen zu lassen, auch der Befehl gegeben, überall zu schweigen. Imagina's Hände zitterten in denen der Baronin. Sie hatte keinen Muth mehr, dieser Frau einen Willen gegenüber zu stellen, sie dankte mechanisch für die Bücher, die sie ihr zu lesen geben wollte, sie hörte wie abwesend, was sie über die Bequemlichkeiten des Hauses und der Ménage von ihr mitgetheilt bekam. Es war das nicht Bosheit, nicht Hochmuth, sondern rein tödtliche Verlegenheit, als sie der Baronin auf diese Mittheilungen wegen Frühstück, Mittagessen, Wäsche erwiderte: Wollen Sie das nur meiner Kammerjungfer sagen.

Die Baronin biß sich aus Aerger auf die Lippen und empfahl sich kalt. Imagina bekam durch Andres einen Pack französischer Bücher, der so umfangreich war, daß der schlesische Landsmann seine Verwunderung äußerte, die Gräfin würde doch bei dem schönen Wetter nicht anfangen zu lesen. Ueberhaupt, sagte Andres, sitzen Sie viel zu viel zu Hause! Sie haben sich ja ganz umgekehrt. Landrath würden das kaum glauben. Gehen Sie doch mehr aus! Es sind viele Schlesier hier und auch Breslauer. Manche Gesichter kann ich gar nicht wieder hinbringen, wo ich sie zuerst gesehen habe. Es sind gewiß auch ehemalige breslauer Studenten hier.

Dem guten Andres ging eben nichts über breslauer Studenten. Sie waren ihm die Zierde jeder Gesellschaft, die eigentlichen Söhne der Götter, die überall das Vorrecht hatten, den feinsten Ton anzugeben. Als Imagina lächelnd an der Anwesenheit von breslauer Studenten zweifelte, sagte Andres: Nein wirklich, gnädige Frau, es sind welche hier, aber verkleidete.

Mehre Tage brachte Imagina damit hin, die ihr von der Baronin geliehenen Romane zu lesen. Sie waren von George Sand und regten ihre Phantasie, die ohnehin zum Hinüberschweifen nur zu geneigt war, wie Opiumrausch auf. Eines Abends hatte sie »Jacques« beendigt und alle Pulse flogen ihr. Sie fühlte, daß sie diesen Zustand einer freiwilligen Verbannung nicht länger aushielt, raffte sich mit schnellem Entschlusse auf und hatte die Absicht, das Wildeste zu thun, was bis jetzt in ihrer jungen Ehe nicht geschehen war, nämlich in der Abenddämmerung mit ihrem Kammermädchen allein auszugehen. Wo August weilte, wußte sie ja nicht. Die Vormittage war er unten bei der Baronin, die Nachmittage schlief er und des Abends kam er vor elf Uhr nicht nach Hause. War er im Conversationssaal, so gefiel sie sich in der Idee, ihn dort zu überraschen. Sie setzte keck den Fuß auf die leergewordene Kieselpromenade vor dem Portal des Saales. Sie folgte dem Glanz der Kronleuchter, stieg einige Stufen empor und betrat das glatte Parquet des von der Menschenmasse rauschenden großen Saales. Sie wußte nicht, welche Keckheit heute über sie gekommen war. Die Lorgnetten und unverschämten Blicke der Dandies kümmerten sie nichts. Sie drängte sich sogar in die Nähe der Spieltische. An dem Roulett ging sie vorüber, weil es zu besetzt war. Aber im Nebensaale, wo ein gleichmäßig kaltmonotones: Rouge gagne, perd la couleur variirt wurde, machte sie Halt, sah auf dem grünen Tuche kleine Haufen Goldes und Silbers, irrte in den Physiognomien der Spielenden flüchtig umher und zuckte erschrocken auf, als sie einen jungen, blassen Mann mit schwarzem Haar, starkem Bart, eleganter weißer Weste, in die er nachlässig die Finger steckte, erblickte. Prinz Wismuth! hauchte sie mit sonderbarem Gefühl vor sich hin, schwankte einige Schritte zurück und zitterte nicht wenig, als August, der Feodoren führte, sie plötzlich leise auf die Schulter schlug. Aufgeregt stotterte sie den Grund ihrer Anwesenheit, ließ sich von der Baronin, die ganz außer sich vor Entzücken über ihre Begegnung schien, durch die Säle führen, vermied aber, noch einmal dem Tische zu begegnen, wo sie sich so plötzlich überzeugt hatte, daß Andres für ehemalige breslauer Studenten ein merkwürdig untrügliches Auge hatte. Denn den Gedanken an Prinz Wismuth, den Sohn des Königs Kobalt, und die für ihn bürgenden sieben Todsünden gab sie natürlich sehr bald auf. Sie hatte nun den Studenten erkannt, den sie vor fünf Jahren zum ersten Male erblickt und dessen sie später, wenn die Pension vor den Thoren spazieren ging, noch öfter ansichtig wurde und dem sie manche geheime Träumerei gewidmet hatte.

August schien von dem kleinen Beweis von Selbständigkeit, den Imagina eben gegeben hatte, zum Verdruß der Baronin ganz außerordentlich erfreut. Noch mehr verwunderte es ihn, im Kreise von schöner Welt, die sich um sie sammelte, sie so beredt, so angeregt, so theilnehmend zu finden. Das eben beendete Werk der George Sand entfesselte auch die Sprachgeläufigkeit der Zunge, die heute das fließendste Französisch sprach. Zwar zupfte die Baronin zuweilen das junge elektrisirte Wesen und sagte ihr heimlich ins Ohr: Man sagt nicht im Französischen dies, man sagt nicht das – aber Imagina hörte nicht auf diese ewige Bevormundungs- und Erziehungswuth einer Frau, die ihr keine Verehrung mehr abgewinnen konnte. Die Baronin verstummte.

Am folgenden Morgen erklärte auch Imagina, sie würde an der für heute bestimmten Partie nach Schloß Eberstein Theil nehmen. August machte dazu ein lächerlich befangenes Gesicht und schickte den Bedienten zur Baronin hinunter, ihr diesen Entschluß seiner Frau anzukündigen. Es währte nicht lange, so erschien diese selbst, warf sich Imagina an den Hals und vergoß einen Strom von Thränen: Gerechter Gott, was ist Ihnen? fragten die beiden jungen Ehegatten.

Ich fühle, sagte Feodore zu Imagina, daß ich Ihnen nicht gefalle, daß Sie kein Vertrauen zu mir haben und meine Freundschaft nicht erwidern. Wären Sie gestern nicht zur Gesellschaft gekommen, so hätte ich mich Ihnen heute zu Füßen gestürzt und Sie um Theilnahme an dieser Partie gebeten. Ich habe nie ein weibliches Wesen auf den ersten Blick so liebgewonnen, als die Gräfin Imagina, die in Allem vor mir bevorzugt ist. Ich will leiden, dulden; ich will nicht verzweifeln, wenn Sie meine Liebe nicht erwidern; aber diese Liebe aussprechen muß ich, Imagina, Sie haben keine größere Freundin auf der Welt, als die arme Feodore Zaluska.

Dem guten August standen über diese gefühlvolle, hingebende Frau die Thränen in den Augen. Er ärgerte sich über die Kälte und Befremdung Imaginens, die, mehr erschreckt als erfreut, der Baronin die Hand reichte und leise erwiderte: Ich will mich bemühen, Ihre Freundschaft zu verdienen. Dafür küßte ihr Feodore die Hände und sagte: Von dem heutigen Tage an wolle sie das Glück ihres Lebens berechnen.

Der Wagen fuhr vor, Andres stand in Livree hinten auf. Feodore und Imagina im Rücksitz, August ihnen gegenüber. In der Lichtenthaler Allee stießen die andern Theilnehmer der Partie zu ihnen und hinauf ging es durch sich schlängelnde Pfade, bald durch liebliche Wiesen, bald durch schattiges Gebüsch, bald steil, bald sanft sich hebend, bis empor zu dem wiederhergestellten Residenzschlosse des Großherzogs mit seiner wunderbaren, nur mit der Salzburger Ebene zu vergleichenden Aussicht in das reizende Murgthal.

Bei einer für die Rosse zu beschwerlichen Stelle stieg man aus. Hier kam es, wo Imagina zur Linken des Wegs und durch den Wagen getrennt die Baronin und August zur Rechten gingen. Wie sie so langsam in der heißen Sonnenhitze emporstiegen, zeigte Andres, der hinter Imagina ging, auf einen Mann, der linker Hand vom Wege tief in einer untern Schlucht des Berges, unter rauhem Gestein, verweilte und sagte: Sehen Sie Den, der hat in Breslau studirt! Imagina blickte hinunter und sah den jungen Mann von gestern, der dicht in einer schroffen Felsenwölbung stand und mit dem Hammer eines kleinen Spazierstöckchens so prüfend an die Steine pochte, als wollte er sagen: Thut euch doch auf, ihr Berge, und laßt mich einziehen in euern Schoos!

Imagina starrte. Der weltberühmte Virtuose aber, der die Partie mitmachte, sprang hinzu und bot sich keuchend der an Bergsteigen gewöhnten jungen Gräfin zur Unterstützung an. Wenn sie wirklich wie gelähmt still stand, so war es nicht die Erschöpfung von der Sonne und dem Wege, sondern der Schreck über dieses wunderliche Zutreffen jener Erscheinung unten mit den mystischen Voraussetzungen, die ihr nun einmal an diesen jungen Mann geknüpft waren. Sie war vernünftig genug, an keine ins Leben hereinragende Wunderwelt zu glauben, und doch war dieses Klopfen und Pochen des Prinzen Wismuth an seine Heimat, das Reich der Gesteine, so bedeutsam wunderbar, daß sie über den Witz des Zufalls nicht zu lachen wagte. Der Virtuose sprach wieder von quatre mains und von seinen Transscriptionen, und bemerkte mit schmerzlichstem Bedauern, daß ihn das Schicksal an den Wagen einer russischen Knäsin fessele, die hinter ihnen herfahrend, aus den ihrer wohlbeleibten Fülle entquellenden feurigen Augen schon giftige Blicke der Eifersucht schleuderte. Mais, mon cher Udolpho, schrie die Knäsin, vous serez incurablement fatigué! Regardez vos concerts, vos soirées, vos discours solennels, vos toasts philanthropiques, vos mille et une fatigues! Es half nichts: der weltberühmte Virtuose kehrte seufzend in sein bewunderndes Sibirien zurück. Imagina aber, den Sitz ihres Wagens wieder einnehmend, träumte von dem Jünglinge, dem es vielleicht wehe wurde auf dieser Erde und der sich sehne, zu seinem Vater heimzukehren, zu seinen geliebten Zwergen unter ihrem theuern Bischofswalde, und die Thränen standen ihr in den Augen, sodaß sie sich abwenden mußte, und für den fernern Verlauf der Schloß Eberstein'schen Partie war die Hoffnung vergebens, aus Imagina den kecken liebenswürdigen Uebermuth von gestern wieder hervorbrechen zu sehen. Was sie gestern in der großen Welt gewonnen hatte, verlor sie heute wieder. Sie war in völlig träumerische Abwesenheit versunken und blickte, als man oben unter kühlenden Linden ein ländliches Dejeuner einnahm, sinnend die hohe Terrasse hinunter in die tiefe malerische Ebene mit den grünen Ufern des sich schlängelnden Stromes und den langen, gelblichen Flecken, wo schon das Korn gemäht war. Kapellen blickten still und fromm herauf aus den Gebüschen und hellgestimmte Glocken drangen, das Herz bewegend, empor in die frivolen französischen Gespräche, die Imagina nicht hörte.

Am folgenden Tage fand der große Pickenick auf der alten Schloßruine statt. Imagina schwankte, ob sie an der Verwirklichung dieser Idee, die durch das Organisationstalent der Baronin hervorgerufen war, Theil nehmen sollte. Lächelnd aber sagte sie sich, vielleicht find' ich den Sohn des Königs Kobalt wieder, den unglücklichen, in diesem Spielbade verdorbenen Prinzen Wismuth, oder ich überzeuge mich, ob er gestern Einlaß fand zu seinem theuern Vater und den Kampf mit dem Fürsten der Hölle aufgegeben hat. Andres ängstigte sie auch mit seinen aufgerafften Erzählungen von schrecklich viel verspielten Geldsummen. Der breslauer Student, fügte er hinzu, hat gestern gewiß da unten in der Höhle gedacht, neue Dukaten zu finden. Der spielt auch schmählich. Gestern Abend hab' ich's durchs Fenster gesehen, da wir dienende Menschenklasse Abends in den Conservationssaal (so nannte ihn Andres) nicht hineindürfen. Solche Spieler sehen ganz verbiestert aus, wie immer unser Gendarme Fritze zu Hause sagte. So ein Mensch grüßt nicht, selbst wenn er Einen noch von Breslau her kennen thäte. Und wenn's ihnen 'mal recht schief geht und sie nichts mehr zu verspielen haben, ich glaube, die könnten stehlen, morden und todtschlagen. Andere gehen gleich drüben in den Rhein.

August hatte den ganzen Morgen zu dieser Partie schon nichts Anderes im Kopf, als den Champagner, den er für den Pickenick liefern wollte. Aus allen Gasthöfen lieh er sich Gefäße zum Abkühlen und von Morgens früh schon an saß er im Keller des Hauses vor einem Berge von Eis, um seine sechzehn Flaschen, die er in die Freude lieferte, im feurigsten Zustande vorzuzeigen; denn, sagte er, Champagner ist nur dann feurig, wenn er eiskalt ist. Die russische musikenthusiastische Knäsin hatte von Strasburg Gänsleberpasteten kommen lassen. Eine vornehme geadelte jüdische Banquierherrschaft lieferte einen farcirten und durch und durch getrüffelten Wildschweinskopf; ein Pair von Frankreich hatte schon seit zwei Tagen seinen Koch auf der Ruine etablirt, um einen Eiskeller anzulegen für Sorbet und allerhand Gefrornes. Ein ungarischer Magnat lieferte zehn Schüsseln österreichischer Backhändl; ein Autonome aus Westfalen und großer Jagdfreund hatte mit Courier Wildpret kommen lassen, das aber von dem Wildpret eines würtembergischen Grafen ausgestochen wurde. Ein englischer Viscount, der sehr das Angeln liebte, schickte ein Netz Forellen, die oben der französische Koch in einen blau abgesottenen Zustand versetzte. Alle diese Speisen wurden von der schreienden und tobenden Gesellschaft unter den uralten Eichbäumen mit einem wahrhaft diplomatischen Hunger verzehrt; nur die arme dicke Knäsin hatte das Unglück, daß ihre Gänsleberpasteten nicht ansprechen wollten, worüber sie untröstlich war und den weltberühmten Virtuosen aufforderte, sein nächstes Notturno in einer schmerzhaften Tonart, in A Moll zu setzen.

Imagina aber fand diese Gesellschaft so widerwärtig, den Ton so frei, das Durcheinander so schnatternd, die Eitelkeit der Frauen so herzlos, die Einbildungen der Männer so fade, daß sie in Verzweiflung gerieth. Aus dem wilden Chaos dieses hochadligen Pickenicks, das in grellem Contrast zu der Ehrwürdigkeit des Orts und den ländlich einfachen Erfrischungen der übrigen Gäste der Schloßwirthschaft stand, flüchtete sie in das dunkle Gemäuer der alten Ruine, durchschritt einen verfallenen Rittersaal mit grünem Rasen als Fußboden, stieg Treppen und Leitern hinauf, die zur Erleichterung des Besuchs dieser schönen Ruine angebracht waren, und war muthig kletternd bald auf der höchsten Mauer, die vor verwittertem Moos und jungen Grashalmen ängstlich glatt zu betreten schien; doch schützte ein Geländer vor jeder Gefahr.

Die Sonne war längst jenseit des Rheins im Sinken begriffen. Innig bewegt, weidete Imagina ihr Auge an der schönen Fläche, die nach dem hehren Strome hin, nach Speier, nach dem Hardtgebirge sich ausdehnte. Deutlich sah sie den Rauch eines Dampfboots, das von Strasburg heraufkam, sah die Eisenbahn durch die abgeerntete Gegend sich schlängeln und hörte bis hierher in die blaue luftige Einsamkeit den grellen Pfiff einer Locomotive. Das Geschrei des wilden Pickenicks verhallte unter dem grünen Gewölbe der uralten Eichenstämme. So mochte sie lange gesessen und geträumt haben, bis sie sich umwandte. Ein tödtlicher Schreck für sie! Der junge Fremde mit dem blassen Antlitz stand vor ihr, der Spieler, der Student aus Breslau, Prinz Wismuth, kurz eine Erscheinung, die, ohne es zu ahnen, für sie schon eine förmliche Lebensgeschichte hatte. Ohne es zu ahnen? O wohl! Wer ahnt, was wir oft Denen sind, die kalt an uns vorübergehen und uns nicht zu kennen scheinen!

Der junge Mann sprach etwas von der Schönheit der Gegend – er sprach deutsch! Ach, wie wohl that ihr das nach dem vielen näselnden Französisch! Er sprach von dem ehrwürdigen Schauer einer solchen Ruine und dem sonderbaren Contrast einer so heiter modernen Gesellschaft. Er schilderte das Niedersteigen von den Trümmern als nicht gefahrlos und begleitete Imagina, die aber wirklich zu stürzen glaubte, als der Fremde einige Steine abbröckelte und sie sorgsam betrachtete und dann wegwarf. Was hatte er ewig mit Steinen zu thun? Wie sie die Ruine hinunterkam und was sie gesprochen hatte, wußte sie nicht. Nur Das sah sie mit Schaudern, daß unten Feodore mit einem Champagnerglase auf sie zutrat und, im Moment ihre Begleitung betrachtend, entsetzt das Glas fallen ließ, von dem Fremden eine lächelnd ironische Begrüßung empfing und wie erstarrt zur Gesellschaft zurückkehrte. Kennen Sie diesen Herrn? fragte die Baronin. Imagina sagte Nein! und erstaunte, daß er Feodoren bekannt zu sein schien.

Es ist eine Physiognomie, sagte Feodore, die sich mir einmal auf dem Donaudampfboote eingeprägt hat, als ich Konstantinopel besuchte. Aus Siebenbürgen ist dieser Herr.

Damit verlor sie sich in die Gesellschaft und war zur Zeit der Niederfahrt von der Ruine so kleinlaut, daß es auffiel. Sie schützte Kopfweh vor und schob die Schuld auf den Champagner, wodurch sich August sehr gekränkt fühlte.

Imagina aber, ganz heiter und ausgelassen geworden und innerlich über die zum Versatz gegebenen sieben Todsünden, über die sieben Bürgen nachdenkend, sprach manchmal ganz erstarrt vor sich hin: Aus Siebenbürgen?

5.

Die Erzählung ist nicht berechtigt, aus diesen Begegnungen irgend ein Ereigniß früher hervorzuheben, bis es nicht in seinem vollen Zusammenhange erklärt und unzweideutig dasteht. Es entspannen sich für den fernern Verlauf der badener Saison folgenreiche Thatsachen genug, die aber auf der Oberfläche der Gesellschaft nicht zum Vorschein kamen. Im Gegentheil nahm das fernere Leben so sehr den Charakter einer monotonen Langeweile an, daß August die Abreise vorbereitete und Baden verließ, nachdem sich etwa noch folgende Punkte als erinnerungswerth herausgestellt hatten.

Der Virtuos, der einmal nicht leiden konnte, wenn ihm nicht Alles huldigte, ruhte nicht, bis er für Imagina einen Flügel aufgetrieben und Quatre-Mains-Partien eingeleitet hatte. Seine Eitelkeit ertrug nicht, daß sie darüber nicht in Ekstase gerieth. Ganz Baden sprach von dieser Auszeichnung, die der weltberühmte Künstler einer jungen schlesischen Gräfin zugedacht hatte. Die Knäsin war nach dem Unglück mit den Pasteten jetzt doppelt in Verzweiflung und führte bei einer Matinée, die er zu 10 Francs das Billet im Conversationssaale gab, Scenen eines Enthusiasmus auf, der nur von Berlinerinnen hätte übertroffen werden können. Wie hätte diese kleine runde Fürstin der Baronin Zaluska gedankt, wenn sie gewußt hätte, daß diese die Ursache der fernerhin eingestellten Quatre-Mains-Partien wurde!

Feodore verrieth nämlich seit dem Schloßpickenick eine auffallende Unruhe. Einige Male sprach sie von baldiger Abreise, öfter aber noch von einem Wohnungswechsel. Um diesen letztern möglich zu machen, erklärte sie sich auf das heftigste gegen die sentimentale Zudringlichkeit des Virtuosen gegen Imagina. In einem Anfall von Leidenschaft, der sie hier wirklich einmal etwas Wahres äußern ließ, sagte sie in Gegenwart August's und seiner jungen Frau: Ich leide zu heftig an den Nerven, als daß ich einen so tobenden musikalischen Lärm in meiner Nähe ertragen könnte. Ohnehin ist mir dieser eingebildete Künstler verhaßt. Ich begreife nicht, wie sich Frauen so wegwerfen können und einem Menschen entgegenkommen, dessen Koketterie in jeder Stadt, wo er auftritt, nicht eher ruht, bis er nicht die ersten Frauen der dortigen Gesellschaft zu seinen Füßen sieht. Was sich nur an Geist, Schönheit oder Rang auszeichnet, muß sich ihm gegenüber schwach gezeigt haben. Manche, wie diese russische Fürstin, werfen sich ihm geradezu an seine ordengeschmückte Brust, Andere muß er langsamer erobern. Dieser Mensch ist, von Stadt zu Stadt ziehend, ein wandelndes Bild der männlichen Untreue. Ihn nur in meiner Nähe zu wissen, ist mir unerträglich. Ich werde ausziehen.

August war darüber in Verzweiflung und Imagina versprach ohne Weiteres diese Beziehung abzubrechen. Sie bewunderte Feodorens tugendhafte Entrüstung und glaubte dem Virtuosen durchaus nicht, als dieser einmal in seiner gewählten Ausdrucksweise seinerseits äußerte: Diese Feodore Zaluska ist meine Gegnerin. Sie hat ein unmusikalisches Ohr. Sie kann nicht ausstehen, daß durch mich in die Badesaisons Poesie, Kunst und Phantasie kommt; sie will nur ihre Pickenicks, die noch überall, wo sie damit auftauchte, in Kissingen, Homburg, Ems mit einem Jubel von Vorbereitungen anfingen und mit Verstimmung endeten. Und meine gute Freundin, die russische Knäsin, die ist überall bestimmt, das Opfer dieser verschmitzten Polin zu werden. Sie weiß es immer so anzuordnen, daß die Speisen der gemüthlichen kleinen russischen Dame dann an die Reihe kommen, wenn schon Alles gesättigt ist, und wie wir diesmal die Gänsleberpasteten den Hunden vorwerfen mußten, so ist es uns in Karlsbad mit einem Dutzend böhmischer Fasanen und in Ems mit einer ganzen etruskischen Vase voll getrüffelter und entknöchelter Rebhühner gegangen. Sie können sich denken, gnädige Gräfin, was ich unter diesen gastronomischen Intriguen und antimusikalischen Verstimmungen zu leiden habe.

Imagina verstand nicht, in welcher Absicht der hier sehr treffend urtheilende Virtuos seine leidenschaftliche Freundin preisgab, und wie er nur andeuten wollte, daß sein Herz in diesem Augenblicke ohne tieferes Engagement war. Sie bedauerte unendlich, daß wegen der bevorstehenden Abreise die musikalischen Uebungen aufhören mußten, und schenkte ihm ein sehr geschmackvolles Falzbein von Perlmutter, was seinen vornehmen Sinn bewog, ihr einen bronzenen, reichvergoldeten Briefbeschwerer als Gegengeschenk zu verehren.

Die Abreise wurde aber doch noch aufgeschoben. Und, was auffallend war, eines Morgens war die Baronin ausgezogen. August, starr über diesen plötzlichen Entschluß, konnte ihn nur als Folge eines für ihn erkältenden Interesses ansehen. Daß ihn die reizende, lebensfrohe junge Frau gefesselt hatte und seinem fröhlichen Sinne fast zum Bedürfniß geworden war, entdeckte er jetzt erst. Imagina forschte den Gründen dieser Trennung nicht nach; denn auch viel zu sehr beschäftigte sie ein Erlebniß am Abend vorm Auszuge der Baronin. Sie wollte schwören, in einem etwas lebhaften Gespräche im untern Stock die Stimme des blassen Fremden erkannt zu haben. Auch das heftige Hinschütten einer bedeutenden Summe Geldes auf den Tisch war ihr vernehmbar, und endlich glaubte sie völlig sicher zu sein, daß der Fremde, begleitet von Feodore, in der Dunkelheit des Gebüsches vor ihrer Wohnung verschwand.

Das Entsetzen über die Bestätigung eines Verdachts, der ihr Schmerz verursachte, mußte um so größer sein, als Imagina inzwischen mit jenem Fremden, wie wir später sehen werden, in ein wunderbares Verhältniß getreten war. Noch vierzehn Tage lang verriethen ihre Mienen eine auffallende Abwesenheit der Besinnung, ein sonderbares Träumen und sogar eine Unruhe des Gewissens. Als der Fremde plötzlich verschwand und wenigstens an dem Spieltisch nicht mehr gesehen wurde, entstellte Gram ihre Züge und unablässig schrieb sie und zeichnete, und wehmuthsvoll nahm sie zuletzt selbst von Baden Abschied. In der Schweiz trafen sie so unfreundliches Wetter, daß der Besuch des berner Oberlandes aufgegeben werden mußte, und der Rhein, den sie später noch hinabfuhren, war selbst bei Sonnenschein nur noch geeignet, sie noch feierlicher und ernster zu stimmen.

August's Absicht war, den ersten Winter seiner Ehe in Berlin zuzubringen und sich dann im nächsten Jahre auf seine schlesischen Güter zu begeben, deren Bewirthschaftung sein eigentlicher Lebensberuf war. Da traf ihn in Magdeburg die Kunde vom Tode seines Vaters. Der Schlag war für ihn von lähmender Wirkung. Wol fand er sich in einen Verlust, der bei den Jahren des Verstorbenen und seiner Kränklichkeit vorauszusehen war, aber eine Menge anderer Plane schien ihm durch diese Nachricht so durchkreuzt, so vereitelt, daß er vor Mismuth und Aerger zu keinem Entschluß kommen konnte. Imagina hätte bei dieser Rathlosigkeit zum ersten

Male Gelegenheit gehabt, etwas von jener unterstützenden Kraft, die die Ehe gewährt, durch Zuspruch und Theilnahme zu offenbaren; aber zu weit schon war zwischen ihnen Beiden die Kluft gerissen, zu wenig war sie durch Leiden und Gewöhnung Meisterin jener Kunst geworden, die in einer unglücklichen Ehe zufällige Begegnisse als Trümmer aufgreift und aus ihnen eine Brücke leidlichen Verständnisses baut. Richtiger gesagt, konnte eine Trennung der Stimmungen deshalb nicht erfolgen, weil sie im Grunde sich noch gar nicht geeinigt hatten. Die angenehme Anregung einer Reise ist nicht das Leben. Wie oft kommen Die, welche auf einer sogenannten Hochzeitsreise ihre Flitterwochen der Welt zur Schau tragen, in den künftig von ihnen auszufüllenden Lebenskreis ermüdet und in ihren Ansprüchen an das Leben überreizt und verwöhnt zurück! Imagina, die kaum wußte, wie sie den Aufenthalt bei ihrer würdigen Erzieherin mit der Ehe vertauschte, hatte gesucht und gesucht, mit August auf einen traulich befreundeten Ton zu kommen. Es war unmöglich gewesen. Die Reise hatte leider mehr entfremdet, als vereinigt, Beide an einander eher ermüdet, als gehoben.

August war in Verzweiflung, daß er nun zur Ordnung und zum formenreichen Antritt seiner Erbschaft, statt nach Berlin, auf seine Güter gehen mußte. Imagina, die nicht den Muth hatte, zu fragen, ob es ihm denn so fürchterlich wäre, mit ihr allein den Winter in Schloß Wartenberg zu wohnen, äußerte nur, daß sie selbst wenig Verlangen nach Berlin trüge. Aber August mußte zuviel Plane auf diesen Winteraufenthalt gebaut haben. Welches diese waren, verschwieg er; aber wichtige mußten es sein, da er den ganzen Vormittag am Schreibtische zubrachte und eine Menge Briefe selbst zur Post trug.

Es waren schon unfreundliche, regnerische Octobertage, als das junge Paar in die Trauerhallen des Schlosses Wartenberg einzog. Nirgend eine Spur geordneter Vorbereitung. Das weitläufige, aus dem siebzehnten Jahrhundert stammende Gebäude zeigte zwar nirgend eine Spur von Vernachlässigung, aber die Zimmer, die von Imagina bewohnt werden sollten, fanden sich doch zur Zeit noch ohne jene Bequemlichkeiten, die hier sichtbar zu werden erst mit kommendem Frühjahr bestimmt waren. Dennoch fand sich Imagina in ihren Zimmern, die oft noch ohne sicheres Schloß und Riegel waren, leidlich zurecht.

August war desto verstimmter. Zuviel mußte ihm mit dem berliner Project verdorben sein. Eine sehr lebhafte nach außen geführte Correspondenz machte ihn nur noch einsylbiger und düsterer. Die Geschäfte der reichen und weitläufigen Besitzungen nahmen ihn, den ohnehin zur Bequemlichkeit sich neigenden jungen Erben, nur noch drückender und lästiger in Anspruch sodaß ihm Imagina herzlich gern einen Ausflug nach Breslau gönnte, den er der Erbschaftsregulirung halber auf acht Tage unternehmen mußte.

Diese acht Tage gingen rasch vorüber. Es war am ersten Tage der neuen Woche, als sie beim Erwachen im Hofe das Rasseln eines ankommenden Wagens hörte. So bald kehrt er zurück, so pünktlich ist er! sagte sie, hastig aus dem Bett springend, und zugleich fielen ihr die für ihn angekommenen Briefe ein, die oben auf seinem Zimmer warteten und in deren Adresse sie die Federzüge der Baronin Zaluska erkannt zu haben glaubte. Ob ihn diese Briefe so rasch zurückführen, oder Mitleid mit mir! dachte sie bei sich und klingelte. Wie erstaunte sie aber, als sie erfuhr, daß der eben Angekommene nicht der Graf, sondern ihr Vater wäre. Sie stieß einen Freudenschrei aus, konnte sich kaum gedulden, die nothdürftigste Toilette vorzunehmen, und wollte in die Zimmer hinaufstürmen, in welchen der Landrath abgestiegen war. Auf der Hälfte der Treppe tritt ihr aber der Gendarme Fritze entgegen, legt militairisch die Hand an seine Dienstmütze und berichtet trocken, daß der Landrath verboten hätte, seine Tochter zu ihm zu lassen. Er würde selbst kommen.

Befremdet kehrt sie in die Wohnzimmer zurück, läßt alle möglichen Anordnungen zur Bequemlichkeit ihres theuern Gastes treffen, richtet einen Tisch zum gemeinschaftlichen Frühstück her, wartet mit pochender Ungeduld, wartet, wartet..., eine Viertelstunde vergeht, noch eine... es dauert eine ganze Stunde, bis der Landrath erscheint.

Wie der Vater eintritt, will ihm Imagina an den Hals fliegen. Er weist sie zurück.

Gerechter Gott! Was ist, Vater? Womit hab' ich diese Begrüßung verdient? rief sie.

Statt der Antwort wirft der Landrath einen geöffneten Brief auf den Tisch.

Lies! sagt er kalt.

Sie sieht den Brief an, er war von August und trug den breslauer Poststempel.

Was soll ich lesen? fragte sie zitternd. Was will mein Mann?

Scheidung! sagte der Landrath und zog dabei zwei Pistolen aus der Tasche, die er feierlich auf den Tisch legte.

Es war Imagina, als vergingen ihr die Sinne.

Lies! wiederholte der Vater dringend und bedeckte die Pistolen mit einem ostindischen Taschentuche.

Zitternd durchflog sie das Papier. Doch rannen ihr die Buchstaben wirr durcheinander. Sie verstand kein Wort von Dem, was sie las.

So will ich dir sagen, was der Brief enthält, begann der Landrath, als er ihren Zustand bemerkte. Nach einer Ehe von kaum drei Monaten will sich dieser Don Juan von dir trennen, weil er behauptet, eure Naturen paßten nicht füreinander. Wahrhaft kindisch und läppisch mußt du dich auf der Reise aufgeführt haben; wie könnt' er sonst schreiben, daß du ihm zu traurig und zerstreut bist! Er gibt sich zwar das Ansehen, deinen Charakter nicht antasten zu wollen, aber, bemerkt er, besser im ersten Augenblick eines sich einwurzelnden Misverständnisses sich trennen, als an solchem Ungemach sein ganzes Leben hindurch zu kränkeln. Was erwiderst du?

Als Imagina nicht antwortete, deckte der Landrath das Tuch von den Pistolen und sagte: Hier die Antwort an diesen Schwiegersohn. Mit deiner Mutter hab' ich ihr ganzes Leben hindurch nicht harmonirt und nie hätt' ich mir einfallen lassen, ein Geschöpf, das ich einmal wählte, deshalb durch eine Scheidung unglücklich zu machen.

Warum unglücklich! sagte Imagina stolz.

Davon verstehst du nichts, fuhr der Landrath polternd fort. Ein Makel der Art läßt sich nicht auslöschen. Deine ganze Zukunft wäre verdorben. Und wem zu Liebe? Diesem leichtsinnigen Tropf, der sich einbildet, mir eine solche Sprache führen zu dürfen.

Was sollen nur diese Mordgewehre? fragte Imagina sich sammelnd.

Ich soll dulden, antwortete der Landrath aufbrausend, daß ein junger Fant meine Tochter heirathet und nach drei Monaten von Trennung spricht, weil eure Naturen noch nicht zusammenpassen wollten? In drei Monaten soll man sich verstehen lernen? Seit drei Jahren versteh' ich mich mit meinem Oberpräsidenten nicht. In zehn Jahren kommen manche Ehen noch nicht ins Geschick und dann sind's noch die Kinder erst, die eine Brücke zum Verständniß bauen und dieser Laffe, dieser Taugenichts, dieser –

Imagina beschwor ihn, sich zu mäßigen. Aber der Landrath war gegen August so zornig, wie gegen sie. Schäme dich, sagte er, deinem Manne nicht besser gefallen zu haben! Mit deinem Gesicht, mit deinem Wuchs, deiner Erziehung, – es ist eine Schande, so wenig Eindruck auf einen Mann zu machen. Nie hab' ich mit deiner Mutter zusammengepaßt und doch mußt' ich sie lieb haben. Es ist auch unmöglich, daß das der einzige Grund seiner Abneigung ist. Er wird heute Abend hier eintreffen, ich habe ihm schriftlich sein Ehrenwort darauf abgenommen. Er soll mir die Wahrheit sagen und wehe dir, wenn ich Dinge erfahre, die nicht in Ordnung sind!

Die Vorstellung eines solchen hier abzuhaltenden Gerichts war Imagina fürchterlich. Sie beschwor den Vater, nach Bischofswalde zurückzukehren. Ich bleibe! war die Antwort. Dann bat sie, ihr selbst zu gestatten, Wartenberg zu verlassen.

Dein Recht aufgeben? tobte der Landrath. Nicht einen Schritt weichst du von dem Sitz deiner Ehre, falls du – Ansprüche darauf hast.

Imagina las jetzt erst im Zusammenhang und mit gepreßter Ruhe den Brief ihres Gatten. Er war nicht gehässig geschrieben, aber doch so tief verletzend für ihre innersten Empfindungen, daß sie den Vater fußfällig beschwor, sie ziehen zu lassen und dem unglücklichen Bunde ein Ende zu machen.

Vergebens! Der Landrath zeigte auf seine Pistolen und sagte: Eine Scheidung wird nur vollzogen, wenn sich an einem der sich trennenden Theile eine *Schuld* nachweisen läßt. Kannst du ihm keine vorwerfen, so soll er es dir. Auf den beiderseitigen unbegründeten Wunsch der Gatten trennt kein Gericht eine Ehe. Ich will ihn lehren, mich vor dem ganzen schlesischen Adel zu beleidigen.

Imagina kannte ihren Vater zu gut, um nicht zu ahnen, wie diese Scene endigen würde. Sie wußte, daß sich der Landrath und August versöhnen würden. Sie hatte zu oft bei ihrem Vater schon als Kind gesehen, welche Dinge folgten, wenn sich diese jähzornigen Männer »ausgesprochen« hatten. Dann rückten sie zusammen, tranken, rauchten und schlossen Freundschaft auf Kosten eines Dritten, der dann das unglückliche Opfer der entladenen Leidenschaften wurde. Sie dachte sich das fürchterlich, diesen beiden Männern gegenüber stehen zu sollen und von ihnen Vorwürfe, Rathschläge, Ermahnungen annehmen zu müssen in der heiligsten Frage des Lebens.

Es wurde Mittag. Schon hatte sich der Zorn des polternden Landraths verraucht. Er kam nicht mehr so oft auf seine Pistolen zurück, schmählte aber dafür desto unwirscher über sein anwesendes Kind, das ihm nicht entgehen konnte. Um drei Uhr Nachmittags fing er schon an, den abwesenden August in Schutz zu nehmen, und als er gar eine Stunde geschlafen hatte und es dunkel geworden war und ein Brief von August eintraf, er würde Schlag sieben Uhr wie ein Ritter von echtem Schrot und Korn sich einstellen, da fühlte sich Imagina so gedemüthigt, so schon im voraus verletzt und tief beschimpft, daß die ganze ursprüngliche Wildheit ihrer Natur in ihr aufloderte und sie dem Genius ihrer Eingebungen folgte, wie damals, als sie bei ihrem Vater in Bischofswalde wie im Naturzustande, schweifend über Berg und Thal, lebte. Sie ging auf ihr Zimmer, raffte dort Alles, was an Büchern, Mappen, Zeichnungen, geschriebenen Blättern zerstreut lag, zusammen und verschloß es, indem sie die Schlüssel zu sich steckte. Bei einem kleinen Paquet von geschriebenen bunten Luxuspapieren stockte sie. Sie schien sich fragen zu wollen, ob sie es dem Zufall anvertrauen dürfe. Da sie aber ein Portefeuille mit einem, ihr als uneröffenbar garantirten Bramahschloß hatte, so legte sie diese Papiere dort hinein, schrieb noch einige Zeilen an ihren Vater, die sie auf den zum Nachtessen bestimmten Tisch legte, hüllte sich vor der rauhen Novemberluft in einen Mantel und verließ gegen sechs Uhr im Dunkeln das Schloß, ohne daß ein Auge ihr Verschwinden ahnte.

Um sieben Uhr kam wirklich August, fast zu früh für den Landrath, der sich mit seinem Factotum Fritze in ein tiefes Gespräch über einige Paßsignalements und herumschweifende Gaunerphysiognomien eingelassen hatte. Wie man ihm sagte, der Graf wäre angekommen, überreichte man ihm auch das vorgefundene Briefchen von Imagina. Als er las: »Lieber Vater, es ist unter meiner Würde, Erörterungen anzuhören, wie die, mit welchen ich bedroht bin. Ich habe bis zu meiner Rechtfertigung das Schloß verlassen und kann mit der Versicherung scheiden, daß jeder Versuch, mich irgendwo aufzufinden, vergebens ist« – als er diese Zeilen zum zweiten Male las, wurde sein ohnehin von Ungarwein geröthetes Antlitz kirschbraun vor Zorn. Fritze empfahl sich neugierig, August aber, der eben eintrat, erhielt nun doch den ganzen Ausbruch der ersten Wuth des Landraths von heute früh, und die Pistolen fingen wieder an, eine drohende Rolle zu spielen.

Todtenblaß sagte August, der von oben kam, wo er seinerseits eben *Feodorens* Briefe, die auf ihn warteten, gelesen hatte und von Imagina's Verschwinden bald unterrichtet war: Es ist kein Wunder, daß Ihre Tochter sich vor unsern Erörterungen fürchtet. Seit wenig Augenblicken bin ich überzeugt –

Wovon? donnerte der Landrath.

August war so erschöpft, daß er sich auf einen Stuhl niederlassen mußte und Zeit bedurfte, sich zu sammeln.

Als ich Ihnen, begann er endlich, meinen Brief geschrieben hatte, that ich etwas, was ich einige Stunden darauf bereute. Die Unmöglichkeit, mit Ihrer Tochter mich jemals glücklich zu fühlen, ist keine erheuchelte, und doch war ich sogleich auf Ihren Bescheid, mich hier einzufinden, eingegangen, weil ich meine Uebereilung zurücknehmen wollte. Eben aber find' ich Briefe, die meiner felsenfesten Ueberzeugung, daß Imagina mich nicht liebt, einen Grund geben, der Alles aufklärt. Sie liebt einen Andern.

Der Landrath warf sein ostindisches Taschentuch auf die Pistolen und suchte einen Stuhl, um seinem Vaterherzen keine Blöße zu geben.

Wol hätt' ich wissen sollen, fuhr August fort, daß eine so prosaische Natur, wie die meinige, nicht im Stande war, einer so lebhaften Phantasie zuzusagen. Sie hat ihr Herz einem berühmten Manne geschenkt, den ich unvorsichtig genug war, mit ihr in nähere Bekanntschaft treten zu lassen.

Wartenberg! stöhnte der Landrath verzweifelnd. Dann fragte er tonlos: Wer ist dieser Mann?

August nannte den Namen des weltberühmten Virtuosen und fuhr fort: Aus den Concerten, die dieser Künstler in Breslau gab, werden Sie wissen, welche Erfolge er über die Herzen der Frauen davontrug...

Der hysterischen, pinselhaften! schrie der Landrath.

Nein, nein, sagte August, es ist ein Duft von Poesie, den dieser Mann um sich zu verbreiten wußte, dem die gesundesten Naturen erlegen sind. Er zeichnete in Baden-Baden Imagina vor allen Andern aus – sie erregte den Neid, die Eifersucht von Fürstinnen –

O, die gottverdammten Bäder! stöhnte der Landrath.

Es ist in Berlin jetzt stadtkundig, daß dieser Künstler sich des vertrautesten Verhältnisses mit der jungen Gräfin Wartenberg rühmen darf.

Beweise! donnerte der Landrath.

Wo soll ich Beweise haben? sagte August. Beweist das Gerücht nicht so gut wie Alles? Auf die Wahrheit kommt es in solchen Fällen weniger an, als auf die Vermuthung, die allein schon entehrend für mich ist.

In einer bemitleidenswerthen Hülflosigkeit faßte der arme Vater jetzt einen Entschluß. O! O! rief er – und die Stimme erstickte ihm vor Genugthuung, die er darin fand, auf einen guten Gedanken gerathen zu sein. Sie sollen sehen, sagte er, daß ich eine unwürdige Tochter nicht schütze. Ohne Briefe kann ein solches Verhältniß nicht stattgefunden haben, ohne äußere, in ihrer Umgebung sichtbare Zeichen nicht länger andauern – kommen Sie in ihr Zimmer. Untersuchen wir, was wir finden.

Herr Landrath, sagte August, Sie verwechseln diesen Vorfall mit einem Criminalverbrechen. Auch wird die verblendete Frau sicher jeden Beweis ihrer Treulosigkeit verborgen haben.

Der Landrath, der aus seinem Beruf einmal gewohnt war, anzunehmen, daß ihm und dem Gendarmen Fritze nichts verborgen bleibe, hörte nicht auf diese Einrede.

August fiel ein, daß Imagina doch auch nie den leisesten Versuch gemacht hatte, seine Correspondenz mit der Baronin Zaluska zu überwachen. Es rührte ihn, daß der Anklagebrief oben so ruhig und sicher auf seinem Schreibpulte lag. Er wollte sich den Gewaltthätigkeiten des Vaters widersetzen.

Dieser aber war schon ans Werk gegangen, hatte die bei dem vernachlässigten Zustand des Schlosses leicht zu eröffnende Thür, welche Imagina's Zimmer schloß, schon in der Hand und der Gendarme Fritze, der von Demagogen und Gebirgsaufwieglern her schon eine gewisse Geschicklichkeit in Papierbeschlagnahmen hatte, unterstützte seinen Landrath so tapfer, daß bald ein ganzer Wust der unverfänglichsten Zeichnungen, Landkarten, Musikalien vor ihnen ausgebreitet lag.

Da sich unter den letztern allerdings einige fanden, die die Handschrift des weltberühmten Virtuosen Udolpho trugen und von ihm in den schmeichelhaftesten Ausdrücken der Gräfin Imagina von Wartenberg verehrt worden waren, so stieg der Verdacht des ergrimmten Vaters. Ein Portefeuille reizte ihn. Darin, seh' ich, stecken Briefschaften, sagte Fritze unverschämt. August, zornig über sich, über die ganze Welt, packte den Vertreter der irdischen Gerechtigkeit und warf ihn zur Thür hinaus.

Herr Graf! fuhr der Landrath auf und richtete sich groß in die Höhe, Fritze ist Gendarme! Sein Rock ist Königsgut.

Und dies ist mein Gut, sagte August, indem er dem Landrath das Portefeuille entriß.

Sie haben mir also Lügen vorgebracht, Herr Graf? Fritze, meine Pistolen!

August nahm das Portefeuille und warf es zornig auf die Erde.

Ruhig öffnete der Landrath seine Brusttasche, zog ein Messer heraus und schnitt, ohne sich, arme Imagina, viel um dein »unerbrechbares« Bramahschloß zu kümmern, den ledernen hintern Deckel von oben bis unten auseinander.

Da gab es denn eine ganze Bescherung von zarten beschriebenen Papieren.

Jetzt kommen sie hinunter, Herr Schwiegersohn, sagte der Landrath. Hier oben ist's kalt und das Licht heruntergebrannt. Jetzt wollen wir lesen.

August folgte nachdenklich, Scham und Schmerz in seinen Zügen.

6.

»Eben hab' ich George Sand's Spiridion beendigt«, begann der Landrath zu lesen.

Bei Spiridion, das er mehr buchstabirte als las, unterbrach er sich: Wer ist Spiridion? Was ist das für ein Spiridion?

August schwieg.

Der Landrath zog die Brille, die er aufsetzen mußte, mehr auf die Nase herunter und fuhr fort: »Spiridion beendet – und noch bebt es geisterhaft in mir nach, und in Allem, was ich todt und leblos vor mir sehe, scheint sich mir's lebendig zu regen, und die Bäume nehmen Gestalt an und die Berge schütteln ihre Häupter wie schweigende ernste Riesen der Vorzeit, die nicht begreifen können, was sich hier in diesem grünen Thal begibt.«

Hier klopfte es an die Thür. Aergerlich rief der Landrath: Hinaus! Aber Fritze steckte schon den Kopf ins Zimmer und fragte, mit sichtlicher Verstimmung auf den Grafen schielend: Herr Landrath, Ihr Abendtrunk?

Statt eine Antwort abzuwarten, stand schon Andres mit einer Bowle Punsch in der Thür.

Es ist meine Gewohnheit, sagte der Landrath entschuldigend zu August, des Abends ein paar Gläser vor Schlafengehen... Setz Er's nur hin, Andres, und hinaus!

Fritze zögerte. Der Landrath sah sich daher genöthigt, energischer zu reden, und rief in dem bekannten Gendarmenlatein: Fritze, Paschol!

Paschol, so viel als packe dich! wurde von Fritze wol verstanden. August aber hielt ihn zurück und sagte: Da Sie jetzt von den hiesigen Vorfallenheiten mehr wissen, als nöthig ist, so können Sie Erkundigungen einziehen, wie und wohin sich die Tochter des Landraths entfernt hat.

Die Gräfin Imagina von Wartenberg! ergänzte der Landrath.

Fritze sagte ruhig: Spur haben wir schon. Das Kloster drei Stunden von hier!

Natürlich! Wo denn sonst! sagte der Landrath aufathmend und entließ den Arm der Gerechtigkeit mit mehren Wendungen der Kochemer- oder Diebssprache, die so viel sagen sollten, als: Vorsichtig und mit Anstand Erkundigungen eingezogen!

Der Landrath prüfte den Punsch. August lehnte ein Glas, das ihm angeboten wurde, mit einer betrübt verneinenden Geberde ab und ließ seine Blicke bald gedankenlos in das Licht der Lampe, bald sinnend auf Feodorens Brief gleiten, den er in der Hand zerknitterte.

»Wer bürgt mir denn«, fuhr der Landrath in den Blättchen zu lesen fort, »wer bürgt mir denn, daß dieser unförmliche Weidenstamm drüben an dem rauschenden Bache nicht in der That eine Verzauberung ist? Sieht er im Mondschein mich oft nicht so stumm beredtsam, so feierlich fragend an, als wollte er von meinem Munde das erlösende Wort hören, das sein müdes Haupt endlich zur Ruhe bestattete?«

Der alte Weidenstamm? unterbrach sich der Landrath ganz verdutzt.

Bitte, bemerkte August, lassen Sie doch diese Lecture, die zu nichts fruchtet. Das, wovor man zu erröthen hat, wird Niemand dem Papiere anvertrauen.

Da irren Sie sich! Aus meiner Praxis, sagte der Landrath, könnte ich Ihnen ganz andere Fälle anführen. Aber das seh' ich wol, der alte Weidenbaum hat nichts, was mein Kind gravirt oder Verdacht erweckt. Aber hier, fuhr er weiter lesend fort, hier – aha! – da kommen Namen – Schloßruine – Pickenick – Otto von Sudburg – Kennen Sie einen Otto von Sudburg?

August horchte auf und fragte: Otto von Sudburg?

Der Landrath, kleinlaut über des Grafen Spannung, aber begeistert von einem fanatischen Gerechtigkeitsgefühl gegen jedermann und wär' es auf Kosten seines eignen Bluts, legte sich das Blatt zurecht und las:

»Wenn wir nun Alle gebunden wären an Bäume, Blumen und Steine? Wenn Erinnerung, volle bewußte Erinnerung unsere künftige Seligkeit wäre und wir auf dieser Erde nur trachten sollten, unserm Ursprunge in der Heimlichkeit der Seele nachzusinnen und dann beruhigt sterben könnten, wenn wir wissen, von wannen wir stammen? Bei diesem prosaischen Pickenick auf der poetischen Schloßruine mußt' ich dich wiedersehen, Otto von Sudburg (so nennt dich das Fremdenblatt, aber ein Gedicht dir weihend würd' ich dich Elpenor nennen, oder Prinz Wismuth, um doch die volle Wahrheit zu sagen) –«

Prinz Wismuth – Elpenor? unterbrach sich der Landrath, aber August drängte: Lesen Sie doch; ich kenne wirklich einen Sudburg.

Der Landrath, immer kleinlauter, las: »Mußt' ich dich wiedersehen, nach fünfjähriger Trennung, du blasser Elfensohn, ganz so geisterhaft schmerzlich, wie damals, als ich dich zum ersten Male in den Bergen und dann in Breslau erblickte!«

August richtete sich auf: Otto von Sudburg hat in Breslau studirt – ich kenn' ihn, stammelte er: das ist ja unerhört – noch eine andere, *frühere* Geschichte – Herr Landrath, Sie sehen, mit wem man mich verheirathet hat!

Ruhe! Ruhe! stammelte Herr von Unruh und als August ihm die Blätter entreißen wollte, ließ er es nicht zu, sondern faßte sich zu fernerm würdigen Vortrage.

Hier steht, sagte er, hier steht: Wie damals, als ich dich zum ersten Male in den Bergen und dann in Breslau erblickte. Wie fassen Sie das? Es ist eine Universitäts- und Pensionsbekanntschaft, die sich ohne Zweifel schon in Bischofswalde, im Gebirg angeknüpft hat.

Der Vater, der wol wußte, daß breslauer Studenten sehr oft seinen gebirgigen Landrathsbezirk besuchen, bereitete sich schon im Stillen auf ein furchtbares Gewitter für Madame Milde, die Erzieherin, vor. Inzwischen las er weiter:

»Wie dieser erste Jugendeindruck so plötzlich in Baden erscheint –«

Er machte allgemeines Aufsehen, unterbrach August den Vater.

»Wie ich ihn an die Höhle«, las dieser, »an den Kreis seines ursprünglich ihm bestimmten Wirkens klopfen sah, als wollte er rufen: Erde, thue dich auf –«

August schaltete hier wieder ein: Sie müssen nämlich wissen, dieser Sudburg studirte vor fünf Jahren in Breslau Mineralogie.

»Wie ich den Sohn der Metalle angezogen erblicke an den teuflischen grünen Tisch –«

Sie müssen ferner wissen, ergänzte August, daß dieser Sudburg ein unverbesserlicher Spieler ist.

»Wie ich gedachte, daß sieben Bürgen um dich –«

Sieben Bürgen! rief August und wollte dem Landrath das Papier entreißen. Dieser hielt aber fest und fragte, ob das auch zuträfe?

August schwieg eine Weile, um sich zu sammeln. Dem Landrath kehrte sich das Herz in der doch theilnehmenden Vaterbrust um – sein Punsch erkältete, ein Frösteln rieselte durch seine Glieder. Er mußte Andres rufen, um im Ofen das Feuer zu schüren. Dadurch trat eine Stärkung des Gemüths ein und August sagte:

Otto von Sudburg gehört zu einem alten Geschlechte ausgewanderter erzgebirgischer Ansiedler, die sich in Siebenbürgen niederließen. Er studirte in Breslau Mineralogie, um sich für den praktischen Bergbau vorzubereiten. Später erfuhr ich nichts mehr von ihm, als daß er im Auftrag seiner heimatlichen Regierung als Berggeschworner reist, um für die Markscheidekunst die neuen Erfindungen sich anzueignen. Er hat sich in London und Paris länger aufgehalten, als für seine Moralität vortheilhaft war. Wenigstens in Baden zeigte er sich als einen der unerschütterlichsten Spieler, der sich selten in der frohsinnigen und heitern Gesellschaft erblicken ließ.

Haben Sie ihn oft im Umgang mit Imagina gesehen?

Mit meiner Frau? Niemals! Kaum, daß er ein flüchtiges Compliment mit ihr gewechselt hat.

Des Vaters Augen umfloten sich. Sein Gerechtigkeitssinn war ihm so heilig, daß er mit Rührung sagte: Armer Gatte! Lesen Sie hier!

August ergriff die Fortsetzung der Blätter und las, während es im Ofen durch das neuhinzugelegte Holz polterte und knisterte und der Landrath sich feierlich erhob und mit Wehmuth die Bowle auf den Ofen trug, um ihren Inhalt wieder zu erwärmen.

»Wer kann mich verdammen«, hieß es in den Blättern, »wenn ich an eine tiefe, heilige, über das Irdische hinausgehende Beziehung zu diesem Einzigen glaube, der dich anzieht und der in diesem Thale dich doch am wenigsten zu kennen scheint! Und doch, täusch' ich mich, wenn bei dem Wiedersehen auf der Schloßruine ich auch in seinem Auge etwas liegen fand, das da sagte: Du kennst das Geheimniß meines Lebens, du weißt, was mich hierher führte und warum ich diese Erde noch nicht lassen darf?«

Freilich, bemerkte der Landrath, indem er den steigenden Wärmegrad des Punsches untersuchte, freilich sollte der Herumtreiber als Berggeschworner längst hundert Klafter unter der Erde sein, was sein Beruf mit sich bringt.

August las: »Ich weile oben, sagte mir sein trüber Blick, bis meine Stunde kommt, und ich fürchte, sie wird nicht zur Freude meines Vaters sein!«

O, gewiß nicht! sagte der Landrath, eine Thräne zerdrückend. Sein Vater wird eine schöne Freude an ihm haben!

»Ich gedachte der Worte, die Sudburg einst in den Bergen hören mußte, ich gedachte, wie er damals auszog in die Welt und wie ich ihn in Breslau wiedersah. Er ist voller, männlicher geworden, aber an seinem Innern nagt ein tiefer Schmerz. Wenn die Hölle an ihm ihr Spiel gewönne!«

Ein Spieler! seufzte der Landrath.

»So weit hatt' ich geschrieben und nun ich ihn gestern wieder an dem grünen Tische sah, wächst mir die Sehnsucht, muthig in sein Leben zu greifen und ihn seiner reinen und edeln Herkunft und den guten Geistern zu erhalten. Gestern mit der Abenddämmerung hatten sich die feuchten Abendnebel wie durchsichtige Schleier auf die grüne Flur niedergelassen. Dunkler und dunkler wurden die vollen Kronen der Kastanienbäume, leise kamen die schwarzen Schatten von dem Fuße der Berge angeschlichen und umarmten in stiller Feier zum Schlummer bewältigend die kleine an ihrer schlechten Bestimmung unschuldige Stadt. Ich öffnete das Fenster. Durch das nächtliche Schweigen schallte nur mit bewußtem sicherm Rauschen der Sturz des kleinen Waldbaches, der zur Bewässerung der Mühlen, in einem Teiche sich sammelnd, von Schleusen

aufgehalten, an der Brücke wie eine flüssige große Sichel schnei-
dend ausgleitet und dann donnernd niederstürzt. Wie ich hinaus-
blicke – August weilt noch in dem erleuchteten Cursaale – da seh
ich still und traurig unter den Bäumen den Jüngling schreiten. Eine
Weile lehnt er sich an einen Stamm duftender Akazien – er sieht
mich bittend, flehend an; ich auf – die leichte Mantille über die
Schulter, – hinaus zu ihm – und lieg' ihm weinend an der Brust. Da
sagte er: Imagina komm! Du bist's, die mich erlösen und von meinem finstern Schicksale retten kann. Ich lege den Arm um seine
Schulter und mehr gezogen, als freiwillig folgend, schlüpf' ich mit
ihm durch die Schlangenwindungen der Wege empor zu den grünen Matten, auf eine einsam stehende Bank, an einer weißen fern-
hinleuchtenden Erle. Da mich an sich ziehend, deutet er hinunter in
die neblichten Gründe und zeigt mir einen geisterhaften Reigen
weiß verhüllter Frauengestalten, sieben an der Zahl, und schaudernd stöhnt es ihm aus der beklommenen Brust: Da sind sie!... Ich
hielt es für ein Blendwerk. Aber der Jüngling nannte jede bei Namen und ich erbebte; denn es waren wirkliche Frauengestalten, die
ernst und kalt in den Gründen vorüberschlüpften. Ich, Imagina,
ergriff meinen Rosenkranz und betete; denn die Töchter der Hölle
nannte mir der Jüngling bei Namen. Jene Schlanke dort, sagte der
blasse Freund, ist Superbia, die Hochmüthige; die zweite Gebückte
und Lauernde Avaritia, die Geizige; die dritte im üppigen rosenfarb
schimmernden Kleide ist Luxuria, die Ueppige; dort, die vierte, die
Behende, Kirschrothfarbene nennt sich Ira, der Zorn; dann die Volle, Starke mit dem seelenlosen Auge ist Gula, die den Völkern ge-
lehrt hat: der Bauch sei euer Gott! und die da groß ist im Erfinden
von Genüssen für Zunge und Gaumen; die sechste im gelblichen
Gewand ist Invidia, die Neidische, – ach, und Alle, Alle haben sie
schon den Sieg über mich davongetragen und nur der siebenten da,
der Acedia, der trägen Feigheit des Herzens, trotz' ich noch, weil ich
noch nicht ganz den Muth verloren habe, zu sagen, was ich wahr-
haftig liebe und was ich hasse. Diese Acedia war die Baronin Feodore Zaluska.«

August, der die letzten Worte kaum noch hatte lesen können,
machte hier eine Pause und richtete die Augen zum Landrath empor. Dieser war starr. Ein Glas Punsch hielt er fest in der Hand,
ohne es zu merken, und feierlich schritt er auf August zu, faßte ihn

gleichfalls ins Auge und Beide schienen sich fragen zu wollen: Ja, wie ist uns? Wo weilen wir?

Als sich Beide einen Augenblick starr angesehen hatten und August den Kopf wieder aufs Papier senkte und die Worte las: »Wol fühl' ich, daß das ein Traum war!« und der Landrath darauf mit dem Ausruf: Ja so! an den Ofen wieder zurückgekehrt war, fuhr August fort:

»Aus dem Kloster weiß ich's, daß die sieben Todsünden dem Menschen nicht vergeben werden können, denn diese sind es, welche so tief in der verdorbenen Seele wurzeln, daß sie sich vor dem Priester verstecken, ja vor dem verhärteten eignen Gewissen, und nur dem höchsten Richter offenbar werden. Und allen diesen Sünden war der unglückliche Sudburg schon erlegen und nur noch der Acedia nicht, der Feigheit des Herzens, jener kalten und erbärmlichen Gesinnungslosigkeit noch nicht, die ihren Charakter nach den Umständen ändert, äußerlich warm und innerlich lau ist, der kalten Härtigkeit des Herzens noch nicht, die ich in den Romanen der Sand Blasirtheit genannt finde. Noch nicht? sagte ich triumphirend. Noch nicht *ganz!* antwortete Sudburg traurig und es drängte mich, ihn zu umarmen und zu sagen: O, könnt' ich etwas von meinem Muth dir in die Seele gießen! Könnt' ich dich heilen, erlösen, erretten, armer Jüngling, durch die Tapferkeit meines Herzens, durch den Freimuth meines Bekenntnisses für dich! O, komm hinaus in die Welt, laß uns Arm in Arm vor die Menschen treten, sage du, wer du bist, ich sage, wer ich bin! Mögen uns alle Schwächen der Erde, alle Laster der Hölle überwunden haben, wir retten uns durch den Adel des Herzens, durch unsern Sieg über seine Trägheit, durch Gesinnung, Aufrichtigkeit, durch Wahrheit! Da blickte er nieder, reichte mir die Hand und wir schieden. Als ich über die Brücke an dem rauschenden Wassersturze ging, fröstelte mich's. Oben löschte August eben sein Licht; er war mit der Baronin vom Cursaal zurückgekommen.«

Nach einer langen Pause, als August geendet hatte, fragte der Landrath inquisitorisch: An welchem Tage könnte das gewesen sein?

August, statt zu antworten, bat um ein Glas des stärkenden Getränks. Sein Geist bedurfte eines von Innen wirkenden Zusammenhalts.

Nacheinander wurde abwechselnd von Beiden noch eine ganze Lage dieser Blätter durchgelesen. Alle enthielten sie die Beweise einer auffallend vertrauten Beziehung Imaginens zu einem Fremden, den August vollkommen für einen leichtsinnigen und gefährlichen Abenteurer erkennen wollte. Dem Landrath leuchtete der bedenkliche Charakter Otto's von Sudburg um so mehr ein, als Imagina einige Male andeutete, daß er sich bei der Begegnung mit ihr im Gebirge, wie mancher Schwindler, Prinz Wismuth genannt hätte. Fritze hat ihn gewiß auf der Liste! sagte der bekümmerte Mann und fuhr fort: Und wenn er der beste Mensch von der Welt wäre, so fühl' ich, daß Sie Ansprüche auf Genugthuung haben. Hier ist nichts zu widerlegen. Das klagt sich ja selbst an.

Die Schloßuhr hatte schon zehn geschlagen. Draußen fiel der erste Winterschnee in leichten Flocken. Die Glut des Ofens ließ nach. Von dem erwärmenden Getränke war nur noch eine geringe Neige übrig und dem schmerzbewegten Paar kam so sehr das Bedürfniß des Schlummers an, daß es eine große Gewissenhaftigkeit verrieth, als sie auch noch, um nicht ungerecht zu verurtheilen, das letzte dieser Blättchen zu lesen sich entschlossen.

Mit jenem verbissenen Ausdruck des Zorns und der hämischen Betonung eines von Dem, was er liest, widerwärtig Berührten las August noch zuletzt: Ist es denn wahr, daß die Stunde der Trennung schlagen mußte! Auch in diese grüne Pracht kann der bräunende Herbst und einst ein entblätternder Winter kommen? Ich fühlte es schon an der Unruhe des Herzens, als ich ihn seit drei Tagen nicht mehr sah, daß ihm Unglück droht – ihm? Wunderliche Thörin, die du in Träume dich verlierst und deine Phantasien mit lebensfrischer Wirklichkeit bekleidest! Nun denn, so ziehe hin, du blasser Dämon, und kämpfe deinen letzten Kampf mit Acedia! Ich muß dich immer vor mir sehen, wie ich dich in der blauen Grotte zum ersten Male erblickte. Schweigend legtest du dein lockiges Haupt an die Brust des bekümmerten Vaters –«

Vaters? unterbrach sich August und fixirte den Landrath.

Vaters? antwortete dieser; Sie werden doch nicht etwa glauben –

Es wäre doch auffallend, wenn Sie dieses Verhältniß schon früher *gekannt* hätten! bemerkte August in gereiztem Ton.

Wo hab' ich gekannt – ! antwortete der Landrath. Hier sehen Sie ja, ist von einer Ferienreise die Rede, die ohne Zweifel der alte Sudburg mit dem jungen in unsere Gebirgsgegend gemacht hat.

Das müßt' es natürlich sein, sonst – ergänzte August, schöpfte Athem und las: »Ich sehe sie alle noch um dich, die Geister des Gebirges und grauenhaft tönt mir ins Ohr, wie ich erfuhr, was auf der Bahn deines Lebens für Augen auf dich blicken, gute und böse, himmlische und teuflische. Wie ich dich dann wiedersah in Breslau! Der Wagen rollte wieder in die fröhliche Stadt, die Thürme blinkten im Abendgolde, schattige Gärten mit einladenden Schildern und Kränzen, Sitze der Freude und Erholung, zur Linken und Rechten. Da auf einer Terrasse, unter einem breitästigen Baume, von übrigen trinkenden und lärmenden Genossen getrennt, blickst du hinüber übers Geländer auf die Landstraße und ich erkannte dich gleich! Ich zitterte vor Freude, dich so heiter, so gut zu sehen; ich hätte zurückfliegen mögen in die Berge und ausrufen: Er siegt! Er gewinnt! Die bösen Mächte haben keinen Theil an ihm! Und wie oft schloß ich dich seitdem in mein Gebet... wie schauerlich auch überrieselte es mich, wenn im Religionsunterricht die sieben Todsünden erwähnt wurden und sie mir erschienen, wie Todtengerippe in langen weißen Frauengewändern und mit falschen lächelnden Larven! Ich wußte, daß sie daheim *für* dich in des Vaters Banden schmachteten, aber oft ängstigte mich's im Traum, daß eine von ihnen vor mein Lager trat und sagte: Siehe, ich bin frei! Ich kehre zurück zur Hölle! Ich überwand deinen Freund! Und dann wacht' ich auf und fühlte mich so unglücklich, so unendlich weh war mir im Herzen, daß ich tagelang weinte und Niemand wußte, was mir war, und ich selbst konnte nicht sagen, was mich schmerzte. So hab' ich Jahre hindurch sechsmal schwer von dem Jüngling geträumt und als ich dich hier wiedersah, am Spieltisch, mit zusammengebissenen Lippen, lächelnd vor Ernst, spöttisch vor Schmerz, einer Rolle Goldes nachsehend, die mit teuflischer Ruhe ein Mann mit einem kleinen Holzrechen dir fortnahm, da wußt' ich: Meine Träume sind wahr gewesen! Sechsmal ist er gefallen! Sechsmal ist er den Seinigen verloren! Und wol begriff ich's, daß du in der Schlucht an die Felsen pochtest und riefest: O, laßt mich ein zu euch in euer blaues, reines, gutes Reich:

ich erliege, ich halte diese Lebensbahn nicht aus! Aber die stummen und tauben Felsen öffneten sich nicht und wol begreif' ich den wehmuthvollen Blick, den du vom Schloß auf die weite, weite Ebene nach dem blitzenden Rhein hinüberwarfst...«

August hielt inne und fragte den Landrath: Was thun Sie denn?

Der Landrath antwortete aber nicht, sondern schluchzte.

Sich sammelnd, sagte endlich der Landrath: Hören Sie nur auf! So was rührt mich zu Tode! Wie kann das Mädchen sich so in einen Menschen vernarren! Wie kann sie eine so überschwengliche Liebe ihrem Vater verschweigen!

August las den Rest: »Leb' nun wohl, du jenseitiger Geist! Ich weiß, dein Herz ist nicht verdorben. Acedia wird dich nicht besiegen, darf es nicht! O, diese teuflische Schmeichlerin! Hat sie nicht die lieblichste Gestalt gehabt in jener Nacht auf dem Wiesenrain, die Gestalt der Baronin –«

August stockte wieder.

Welche Baronin ist denn das immer? fragte, gähnend vor Müdigkeit, der arme Vater.

»War sie nicht so lieblich, so schmeichelnd, so umstrickend mit tausend schimmernden Reizen, wie Feodore –«, fuhr August fort.

Wer ist denn das wieder, Feodore? fragte der Landrath, halb schlafend.

»Wenn ich euch Beide zusammen sah, hätt' ich rufen mögen: Das ist deine Feindin, das ist meine! Feodore Zaluska, dich will ich malen als siebente Todsünde, dich mit deinem Lächeln, das aus der Leere des Herzens kommt, dich mit deinen schwarzen, glimmenden Kohlen im Auge, die das Einzige sind, was in dir brennt, dich, die du –«

Hier brachen die Schriftzüge unleserlich ab und ein langer heftiger Gedankenstrich mit malerischen Verschnörkelungen drückte die Leidenschaft der Schreiberin aus, die hier geendet hatte.

August, den die Erinnerung an Feodore Zaluska elektrisirt hatte, blickte starr auf das Papier, der Landrath schnarchte, draußen an den Fenstern ballte sich der Schnee zusammen, die Lampe war dem

Erlöschen nahe, der Ofen kalt, die Bowle leer. Da pochte es donnernd an die Thür. August fuhr zusammen, der Landrath wachte auf und sah sich gespenstisch um. Ein zweites Klopfen. Wer da? rief August.

Fritze trat ein und meldete, ohne den Grafen, der ihn beleidigt hatte, anzublicken, militairisch dem Landrath: Im Kloster nichts.

Nichts? sagte der Landrath.

Gar nichts! bestätigte der Potsdamer.

Gar nichts? wiederholte der Landrath nachdenklich.

Aber an der Hinterpforte des Klosterhofs bemerkt' ich im Schnee eine frische Wagenspur – fuhr Fritze fort – leider hat es nur strichweise geschneit und es wurde hinterher zu dunkel.

Richtung? examinirte der Landrath.

Sächsische Grenze! sagte Fritze und damit war der Rapport zu Ende. August nahm die Papiere. Der Vater drückte ihm wehmüthig die Hand. Andres leuchtete. Fritze hob den Deckel von der Punschterrine und brummte, hineinlugend, auch hier ein lakonisches: Gar nichts!

Alle gingen zur Ruhe. Sie bedurften ihrer.

7.

Der plötzlich hereinbrechende Winter dauerte doch nicht lange. Es folgten noch freundlichere Novembertage! Auf diese hatte eine Dame in Dresden gehofft, die mit Verzweiflung vernommen hatte, daß in den Wintermonaten die königliche Galerie der Gemälde geschlossen wäre. Gegen eine besondere Vergütung gelang ihr, sich die Säle zuweilen öffnen zu lassen und, eingehüllt in Shawls und Mäntel, würde es jedem gelungen sein, in den kalten Sälen auszuhalten. Ihr aber schienen, so vornehmen Ursprungs sie im Gasthofe bekannt war, doch diese erwärmenden Hülfsmittel zu fehlen. In leichtem Mantel durchstreifte sie die Säle und hielt Stunden lang in ihnen aus. Das warme Licht der Farben, schien es, wirkte mächtiger auf sie als pelzgefütterte Ueberwürfe.

Der künstlerische Enthusiasmus des Lohnbedienten, der die Dame zu begleiten pflegte, stand nicht auf gleichem Wärmegrad. Er brachte nur die Fremde her und holte sie wieder ab. Beim dritten Besuche der Galerie aber kam er früher als sonst und brachte einen Brief, der die Adresse der Dame trug und eben von Breslau angekommen war. Sie nahm ihn rasch ab, verließ die Galerie und eilte in ängstlicher Unruhe nicht sogleich nach Hause, sondern erst, um sich zu sammeln und auf den Brief, der ihr wichtig schien, vorzubereiten, auf die Brühl'sche Terrasse. Dort die frische, feuchte, noch nicht schneidende Luft des Spätherbstes einathmend, stand sie zuweilen still und blickte mit schwermüthigem Auge in die Ferne oder in den tief unter ihr mit vollen Wogen sich wälzenden Fluß. Dann fühlte sie den Brief an, prüfte aus seinem äußern Wesen den Inhalt und lächelte schmerzlich, als ihr von dem starken Gewicht desselben wenigstens Eines bestätigt schien, daß er Geldanweisungen enthielt. Diese Gewißheit verschaffte sie sich auch sogleich, als sie von der Terrasse in die Promenade niederstieg. Bei dem Moritzdenkmale an der Ecke hielt sie inne, erbrach den Brief und überzeugte sich, daß ein Wechsel auf Banquier Kaskel sie wenigstens ruhig in die Zukunft blicken ließ. Das Begleitungsschreiben war von ihrer Erzieherin, Madame Milde, und lautete:

»Theure Imagina!

Im Auftrag Deines zwar erzürnt scheinenden, aber in Wahrheit nur bekümmerten Vaters schreib' ich Dir diese Zeilen. Sie sind von Dem begleitet, was Du vom Vater zu haben wünschtest, da Du es von dem Advocaten Deines Gatten nicht annehmen wolltest. Und statt aller Worte, aller Klagen, aller Beherzigungen nur die eine treugemeinte Bitte der mütterlich gesinnten Freundin: Kehr zurück! Zurück in meine Arme! Sie werden Dir die des Vaters öffnen.

Was auch seither geschehen sein mag, gutes Kind, ich kann nicht an eine Schuld Deines Herzens, an eine Verletzung Deiner heiligsten Pflichten glauben. Dein Gatte, Dein Vater verurtheilen Dich und auch mir hat man Mittheilungen gemacht, Papiere und Beweise gezeigt, die gegen Dich aussagen sollen. Ich theile Deine Entrüstung, die Du in dem Briefe an Deinen Vater und noch mehr in dem an den Advocaten des Grafen ausgesprochen hast, Deinen Unwillen über diesen wilden, schonungslosen Ungestüm der Männer, die so rücksichtlos Deine Geheimnisse erforschten, so trotzend auf ihre Uebermacht Deine Schränke und Mappen erbrachen. Aber schuldig oder nicht, hast Du nicht ein gleich starkes Vorurtheil gegen Dich, daß Du so bei Nacht und Nebel einer Begegnung mit Deinem Gatten auswichest? Wol räume ich ein, daß es Dir peinlich sein mußte, unter einem Dache mit einem Manne zu wohnen, der den Wunsch um Scheidung von Dir ausgesprochen hatte, noch peinlicher, einer verletzenden Verhandlung über eine Lebensfrage beiwohnen zu sollen, wo Dir, wie Du schreibst, Niemand schützend zur Seite stand – selbst Dein Gewissen nicht, Imagina? Doch nein! Ich will Dich nicht verurtheilen. Ich weine um Deine Verirrung.

Du hättest vorläufig im Kloster bleiben sollen und den Gang der Dinge dort ruhig abwarten. Wol glaub' ich, daß Dir in der Aufregung Deines Herzens die dortige Stille, die Neugier der Schwestern, die Besorgniß der Aebtissin vor Collisionen mit dem Grafen oder noch mehr mit dem sehr weltlich gesinnten Landrath wenig zusagte. Wol kenn' ich Dich, um Das zu verstehen, was Du schilderst, dies plötzliche Aufwallen und Auflodern eines großen Entschlusses, der Dich trieb mit einem Wägelchen in die nächste Stadt zu fahren, dort Dich auf die Post zu setzen und von Dresden aus die Wendung Deines Schicksals abzuwarten. Ich kenne dies Aufflammen Deines Geistes und hab' es immer gefürchtet. Aber was Dir eine Heldenthat scheint, erscheint Deinen Gegnern eine Flucht. Was im Geheimen hätte beigelegt werden können, hast Du durch dieses kühne Wagniß öffentlich und dadurch fast unheilbar gemacht.

Was man mit Recht Dir vorwirft, kann ich nicht durchschauen. Einiges, was daran sicher unrecht ist, ahn' ich. Von der Grundlosigkeit eines Verhältnisses zu einem berühmten Künstler ist jetzt selbst August überzeugt, der wenigstens aus Berlin, wohin er plötzlich abreiste (und zum Glück, weil dadurch Deine eigene Entfernung weniger auffällt!), dem Vater geschrieben hat, daß ein Grund zur Scheidung jetzt nur in dem offenen Bekenntnisse einer sträflichen Beziehung zu Otto von Sudburg läge. So eingenommen ist der Vater gegen Dich, daß er Deine Flucht nach Dresden für ein dortiges Zusammentreffen mit diesem völlig unbekannten Mann hält. Freilich durft' ich ihm betheuern, daß der Vorwurf, in der Pension schon hättest Du diesen Mann gekannt, mich nicht trifft.

Ueberhaupt, was soll ich über diese Tagebuchnotizen urtheilen? Imagina, ich möchte schwören, es sind Phantasien! Es sind Träume, die auf einer gewissen Wahrheit beruhen, aber nicht auf einer solchen, die gegen Dich zeugen kann! Ich kenne Deine Art, Dich so zu ergehen. Irgend etwas muß Dich angeregt haben zum Ausspinnen der wunderlichsten Vorstellungen, die Ruhe, die Langeweile des Badlebens hat Dir die Feder in die Hand geführt und an den zwischen dem Beschriebenen unterlaufenden Zeichnungen und Gedankenspielen seh' ich ja, daß das Ganze mehr dem Versuch, einen Roman zu schreiben, als dem, selbst einen zu erleben, ähnelt.

Dieselbe Ansicht theilt der Rechtsgelehrte, den der Vater in das Geheimniß dieser, sein Alter betrübenden Erfahrung hat ziehen müssen. Eine Aussöhnung mit Deinem Gatten wird keine Schwierigkeiten haben und dieser kurze, aber ernste Zwist vielleicht nur dazu beitragen, eine zwischen euch eingetretene Verstimmung zu heben. Kehre zurück! Mache Die glücklich, die Dich lieben! Komm an das Herz Deiner mütterlichen Freundin! Ich weiß es, statt einer Antwort triffst Du selbst ein und unsere Thränen werden ineinander fließen. Deine treue Henriette Milde.«

Eine Antwort auf diesen Brief kam aus München, wohin Imagina mit einem in Dresden gemietheten Kammermädchen abreiste. Sie erwiderte mit einer Bestimmtheit, die Madame Milde zu der Bemerkung veranlaßte: Was ich fürchtete, ist eingetroffen. Ihr Charakter ist in jene gefahrvolle moderne Entwickelung getreten, gegen die Bitten und Gründe nichts vermögen. Die Antwort, die Imagina auf ihre kurze und ausweichende Erklärung dringender und drohend in München empfing, beantwortete sie – von Rom. Sie hatte von München aus die Weiterreise über den Brenner gewagt und war von allen Zuschauern des römischen Carnevals vielleicht Diejenige, die, da ihr Herz gedrückt war, an dem Ausbruch jener berühmten Faschingsfreuden den geringsten Antheil nahm.

Im Frühjahr, durch neue Geldmittel aus ihrem mütterlichen Vermögen gesichert, besuchte sie Neapel.

Es war ein heiterer südeuropäischer Zaubertag, als sie mit einem erprobten Führer die Reise auf den Vesuv wagte. Eine einzige dunkelblaue Azurdecke war der gewölbte Himmel. Dort das in Sonnenglanz schimmernde Meer, hier die grünen Gärten Parthenopes, begrenzt gegen Ost von einem leichten weißlichen Schleier, der die Nähe des feurigen Berges verrieth. Wie Imagina von Portici aus in Windungen und Ringeln, reitend auf einem Maulthier, allmälig aus dem Geräusch der lautesten und lärmendsten Stadt der Welt emporstieg, erst durch zahllose Landhäuser und Gärten kam, die mit ihren hochstämmigen Cactus und Aloes auf den sonnenmürbegebrannten Mauern blos andeuteten, welche Fülle von Früchten und Blumen dort nur dem Eigenthümer gehören sollten, welche berauschende Duftspende denn aber doch die Blumen der allgemeinen Luft als Würze abgeben mußten, wie die Gartenpracht dann allmälig dem ruhigern Frieden der schon grünen Oel- und Weinpflanzungen Platz machte... da mußte ihr, im Anschauen auf den wunderbaren Himmelsbaldachin, wol die Brust sich heben und ihre jugendliche kühne, freie Seele fragte sich: Wie ist nun das gekommen? Wie war das so Alles möglich?

Nur die Steine des Wegs, nur die Erläuterungen des mittheilsamen Führers, das Aufschreien und jeweilige Lamento der sächsischen Dienerin weckten sie zuweilen aus ihren Träumen. Je näher sie dem Kegel des Berges kam, je wüster die Gegend, fernblickender das Auge wurde, desto beklemmender fielen die tausend oft mehr künstlich, als freiwillig zurückgehaltenen Gedanken auf ihr Herz und sie fühlte hier oben, in dieser Annäherung an eine Welt der

Zerstörung, mächtiger, lastender denn je seit diesen sechs Monaten das Bewußtsein einer fürchterlichen Einsamkeit auf dieser großen Gotteswelt. So zerrissen, so mit Lava und Asche bedeckt, wie dieser Monte-Somma, war sie selbst in all ihrer Jugend und so schreckhaft, wie hier, hatte sie's im Gewühl der Welt da unten, in den Zerstreuungen des Reisens noch nicht gefühlt, was sie, aufrichtig gestanden, in träumender Gedankenlosigkeit und nur von einem stolzen Trotze gehoben, in so kurzer Zeit gewagt hatte. Sie näherte sich dem Krater des Vesuv. Schlacken und Zerstörung ringsum. Sie sah eine Ebene vor sich von gelblichgrün und röthlich schimmerndem Gestein. Die gewaltigen Schwefeldämpfe hatten sich durch das verbrannte Element Wege gerissen und unter donnerndem Geräusch kündigte sich diesmal nicht eine, sondern drei sogenannte Bocchen oder Mündungen mit drohendem Rauch- und Steinauswurf an. Sie war nicht die einzige Besucherin des Berges. Mit einem scharfen Glase entdeckte sie an der ganzen Rundung des Kegels da und dort Maulthiere und Fremde. Sie stieg ab. Sie hatte den Muth, auf dem unsichern zerbrannten Boden in die sich senkende Fläche des Kegels hinabzusteigen. Unter ihr rollte und donnerte es wie von einem unterirdischen Titanenkampf herauf. Ein düsteres Grollen und Murren, ein plötzliches scheinbares Zucken des Bodens, das Alles wurde ihr vom Führer als Vorboten einer in wenigen Tagen gewiß eintreffenden massenhaften Eruption geschildert.

Wie sie so auf dem grauen Gestein fortklimmt und nur noch wenige Hundert Schritt von der Hauptmündung entfernt ist, scheint ihr ein Mann aus dieser Oeffnung hervorzukriechen. Der Führer nannte ihn den Muthigsten, der seit lange hier oben gehaust hätte. Ein Gelehrter ist's! sagte er; er sucht Steine und ist schon seit drei Tagen oben und übernachtet in San Salvatore.

Imagina wagt sich näher. Der Fremde verschwindet. Aber plötzlich wirbelt die Rauchsäule dunkler, ein schwefelgelber Schein zuckt über dem Krater her und wie eine Erscheinung der Hölle, glühend im Schein wie eine aufblitzende Flamme, steht Otto von Sudburg vor ihr.

Wie ihr wurde bei diesem Anblick, wußte sie nicht mehr. Ohnmächtig sank sie in des Führers Arm und sammelte sich erst in San Salvatore, einer unfreundlichen Einsiedelei auf der Höhe des Bergs.

Als sie die Augen aufschlug, waren ihr Mädchen und Otto um sie beschäftigt. Mit heftiger Geberde deutete sie auf Entfernung des Fremden. Dieser betrachtete sie mit schmerzlichem und freudigem Erstaunen zu gleicher Zeit. Sie wagte noch einen Blick, als er das enge Gemach verließ, um sich zu überzeugen, ob es wirklich Otto von Sudburg wäre. Der Mineralog, der hier am Krater des Vesuv Studien zu machen schien, war in der That der blasse Fremde von der Schloßruine in Baden-Baden.

Imagina erholte sich. Der Führer brachte Wasser. Sie war in so weit gestärkt, ihre Rückreise antreten zu können. Der Fremde harre vor der Thür! hieß es. Sie wagte nicht die Einsiedelei zu verlassen, aber noch zögernd und schwankend erhielt sie vom Führer auf einem Blättchen Papier in französischer Sprache, mit Bleistift beschrieben, diese Worte:

»Ich habe Sie in Rom verfehlt, in Neapel vergebens gesucht. Ein Ausflug auf den Vesuv sollte meiner Wissenschaft und dem Trost meines Herzens gelten. Ich muß Sie sprechen. Zu Ihren Füßen muß ich einige Fragen an Sie richten.«

Imagina, die nicht wußte, ob sie lebte oder träumte, hielt lange das Papier in Händen und betrachtete es wie ein unauflösliches Räthsel. Dann ermannte sie sich, zog einen Bleistift aus ihrem Portefeuille und schrieb mit zitternder Hand unter Otto's Worte: »Nicht hier. Ich beschwöre Sie, mich ziehen zu lassen.«

Als der Führer das Papier hinausgetragen hatte, wartete sie noch eine Weile und als sie hörte, der Fremde hätte den Weg zum Krater zurück eingeschlagen, verließ sie das unfreundliche Gemach, bestieg ihr Maulthier und ritt bergabwärts, ohne auch nur einmal den Blick umzuwenden. Die sächsische Kammerjungfer aber war vorwitzig wie Loth's Frau. Sie sah sich um. Schaudernd aber bereute sie ihren Frevel; denn der Fremde stand angeglüht von einer feuerdunkeln Rauchsäule am Rande des Kegels da, wie ein unheimlicher Dämon der Hölle.

8.

In Italien soll der Mensch im Freien leben. Ein Zimmer in Italien ist immer nur ein Schutz gegen die Launen des Himmels, kein zu dauerndem Aufenthalt einladender gemüthlicher Versteck.

Glücklicherweise gab eine kleine Terrasse und ein darüber gespanntes Zeltdach dem Zimmer Imaginens in dem Albergo della Santa Croce ein wohnliches Ansehen, denn an und für sich war es, ohnehin in einem unbekannten Mittelgasthofe, ohne alle Bequemlichkeit.

Am Tage nach der Vesuvpartie nahm Otto von Sudburg vor Imagina auf einem gebrechlichen alten Polsterstuhl noch aus spanischen Zeiten Platz, er voll innerer Bewegung und sie nicht minder in Verlegenheit...

Eine Erörterung konnte nicht peinlicher angesponnen werden.

Gräfin, begann mit zitternder Stimme Otto, wenn wir in diesem Augenblick, so wie jetzt, in einer berliner oder breslauer Gesellschaft uns gegenübersäßen, so würde man uns für die ausstudirtesten Heuchler halten, die nur je vor der Welt Komödie gespielt haben. Denn das wissen Sie doch, daß ich das Glück habe, oft mit Ihnen zusammengenannt zu werden?

Imagina, die sich kaum fassen konnte, sagte leise irgend eine unverständliche Entgegnung. Als Otto schwieg und einen langen seelenvollen Blick auf der reizenden jungen Frau ruhen ließ, sammelte sie sich und sagte: Sie haben mir geschrieben, Sie hätten Fragen an mich zu richten. Und da ich bis jetzt selbst vermieden habe, nach Deutschland hin einige Antworten zu geben, die wahrscheinlich mit den von Ihnen beabsichtigten Fragen in Verbindung stehen, so hab' ich mir, so peinlich es sein mußte, doch die entsetzliche Pflicht auferlegt, mit Ihnen über Dinge zu reden, an welche ich seit einem halben Jahre mich gezwungen habe, nicht einmal zu denken. Also! Welche Fragen haben Sie?

Gräfin, fragte Sudburg, ich bin wegen meiner Beziehungen zu Ihnen zur Rede gestellt worden; woher kennen Sie mich?

Imagina lächelte mit verlegener Miene, die sich endlich in einen schmerzlichen Zug auflöste. Haben Sie mich nie gesehen? fragte sie nach einer Pause.

Zu Baden-Baden, sagte er, auf der Schloßruine, zuweilen im Conversationshause; flüchtige, aber freundliche Worte haben Sie mit mir gewechselt, unvergeßliche, aber wirklich flüchtige. Desto befremdlicher war mir's, in Deutschland, von wo ich komme, zu hören, daß ich um das Glück beneidet werde, Sie sogar in Breslau schon gekannt zu haben.

Ihr Zartgefühl, sagte Imagina, macht einen langen Umweg, um zu Dem zu kommen, was doch wol eigentlich auf Ihrer Zunge schwebt.

Ja, Gräfin, fuhr Otto ermuthigter fort, ich bin nicht nur um das Glück Ihrer Freundschaft, das ich nie genoß, beneidet, sondern sogar von einem ehrenwerthen Mann, dem Landrath von Unruh, Ihrem Vater, bin ich zur Rede gestellt worden, wie ich es wagen könnte –

Wie, fuhr Imagina erschrocken auf, zur Rede gestellt?

Fürchten Sie keine feindliche Begegnung, sagte Otto. Ich habe einmal ein schaudervolles Unglück im Zweikampf gehabt. Seitdem dräng' ich mich nicht mehr dazu und ziehe jeder Gewaltthat friedliche Verständigung vor. Aber denken Sie sich meine Lage, was ich auf schuldlose Beschuldigungen, die mich von Ihrem Vater, von Feodore Zaluska trafen...

Feodore? Sie kennen Feodore, ich weiß es! beantwortete sich selbst Imagina.

Feodore Zaluska... o Gräfin, ja dies ist Acedia, die siebente Todsünde!

Das war zu grausam für Imagina. So hatte man ihre Geheimnisse misbraucht, so selbst einen ihr wildfremden Mann in die tiefsten Gründe ihrer Seele blicken lassen...! Sie sprang an den Balcon, um Luft zu schöpfen, sie hätte über Neapel hinweg vor Schmerz schreien mögen, die Brust zersprengen, sterben – und erst den Worten Otto's: Fürchten Sie nichts, Gräfin! Nur die dunkelste, die verworrenste Vorstellung hab' ich von diesen Märchenträumen! gelang es, sie zur Besinnung zurückzuführen.

Als sie sich wieder auf dem Sopha niedergelassen, auf dem sie vor Otto saß, fuhr dieser fort: Ich höre von einem Tagebuch, einem Gedicht, einem Roman, in dem meine Person Ihnen durch Zufall werth genug erschienen ist, genannt zu werden... Man hat mir einige Stellen daraus mitgetheilt, die ich für Erfindung halten muß, und doch, Gräfin, sind diese Stellen so im Einklang mit der innersten Entwickelung meines Lebens, daß mein Erschrecken, als ich sie las, mein Zittern, mein Beben erneuten Verdacht gegen Sie weckte und ich einer förmlichen gerichtlichen Vernehmung nur durch plötzliche Abreise von Breslau entgangen bin.

Sprachen Sie meinen Gatten? fragte Imagina vernichtet.

Niemals, berichtete Otto. Er war den ganzen Winter in Berlin. Sie wissen, daß er in Baden das Wort gegeben hatte, den Winter in Berlin zuzubringen.

Das Wort? Wem?

Wem anders, als Feodoren?

Imagina hatte inzwischen Welt genug gesehen, um durch diese Erwiderung nicht überrascht zu werden. Und doch erschütterte sie die Bestätigung ihrer Ahnung.

Feodore Zaluska ist meine Nebenbuhlerin, sprach sie gefaßt.

Ja, Acedia! sagte Otto mit gezogenem Ton und einstimmend in ihr schmerzlich lächelndes Erstaunen.

Warum trifft für Sie diese Bezeichnung zu? fragte Imagina verwundert.

Für mich? entgegnete Otto. Wenn diese Frau nicht die Gattin des Grafen von Wartenberg wird, wird sie die meinige!

Imagina sah den jungen Mann starr an. Was ist das? Sie könnten sich eine Frau erwählen, die im Begriff ist, Sie zu verrathen? sagte sie.

Otto schwieg, stützte sein Haupt auf die Lehne des Sessels und sagte: O, das sind dunkle Lebenswege!

Aber klären Sie mich darüber auf! drängte Imagina, und als Otto noch immer schwieg, fragte sie: Sie lieben Feodoren?

Nicht mehr! sprach er bestimmt und ein tiefer Seufzer entrang sich seiner Brust. O, daß ich erlöst würde, fuhr er nach einer Weile fort, von Qualen, die mein ganzes Leben zu zerstören drohen! Hören Sie, wie ein junges Herz in die Strudel des Lebens gerathen kann! Hören Sie ein aufrichtiges Bekenntniß und verzeihen Sie, wenn Ihr reines Ohr durch Verhältnisse und Schilderungen beleidigt wird, deren Möglichkeit Sie in Ihren mir räthselhaften badener Blättern dichterisch geahnt haben.

Ich bin, sagte er nach einiger Sammlung, in Siebenbürgen geboren und von meinem Vater, einem Nachkommen der vor Jahrhunderten in jene Karpatenländer eingewanderten Deutschen, zum Bergbau bestimmt. In Breslau studirte ich Mineralogie und vervollkommnete mich zu Freiberg in Sachsen für meinen künftigen Beruf. Hier auf der Akademie war es, wo ich ewige Freundschaft mit einem jungen, liebenswürdigen, aber sehr leichtsinnigen Polen, Zaluski, schloß. Nach Kronstadt in Siebenbürgen zurückkehrend, trat ich die Erbschaft meines inzwischen verstorbenen Vaters an und machte dann eine meiner Wissenschaft gewidmete größere Reise durch Europa. Gleich aber in Wien angekommen, fesselten mich schon die Reize des Vergnügens und mehr als Alles mein Freund Zaluski, der sich seit drei Jahren mit einer allbewunderten jungen, liebenswürdigen Kurländerin Feodore verheirathet hatte. Nach wenig Wochen hatte Zaluski einen vollkommen begründeten Argwohn gegen die Treue seiner Frau und seines Freundes. Ich war verblendet genug, die gerechte Ursache seiner Eifersucht zu sein. Zaluski spielte. Die mit raschgefolgten zwei Kindern einsam gelassene, vergnügungssüchtige junge Frau wurde von mir besucht, bis eines Tages Zaluski, unmuthig über größer und größer werdende Verluste, die sein ganzes Vermögen raubten, uns überraschte und in seinem Zorn mich so beleidigte, daß wir uns schossen. Ich, der Schuldige, verwundete ihn tödtlich. Sterbend legte er meine Hand in Feodorens, nahm mir einen feierlichen Schwur ab und verschied. Dieser Schwur lautete, entweder Feodoren sogleich oder nach Ablauf von fünf Jahren in dem Falle zu heirathen, daß für sie und die Zukunft seiner Kinder dann noch nicht gesorgt wäre. Wir gaben diese Kleinen in Pension und reisten von Wien ab. Der dunkle

Schatten des gemordeten Freundes verfolgte mich ruhelos, dennoch verheiratheten wir uns nicht. Feodorens Charakter entwickelte sich zu einem unglaublichen Leichtsinn. Ich selbst, in meiner Moralität geknickt, vermochte ihr keinen Widerstand zu leisten, und so haben wir zusammen in Paris, London, Turin und einigen Theilen Deutschlands ein Leben geführt, das ich Ihnen nicht schildern darf, weil Sie keine Ahnung von solchen Verirrungen an sich vielleicht gutgearteter Gemüther haben werden. Erwägen Sie nur dies Eine, daß ich mein Vermögen verausgabt hatte und zwei Jahre nur vom Spiel lebte, bald darbend wie ein Bettler, bald wie ein Fürst Das vergeudend, was ein glücklicher Zufall rasch gespendet hatte. Von Treue war bei Feodorens leichtsinnigem Charakter nicht die Rede, auch bei meinem nicht. Wir trennten, wir vereinigten uns, wie die Umstände es gaben. Oft hätt' ich Gott auf den Knien danken mögen, wenn ich von ihrer nagenden, verzehrenden Nähe befreit war! Dann warf ich mich mit Leidenschaft in wissenschaftliche, mich noch immer fesselnde Thätigkeit, machte kleine Reisen in merkwürdige Gebirgsformationen und kam mir dann wie verjüngt, wie rein und edel vor! Plötzlich aber stand Feodore wieder vor mir und die Macht ihres Zaubers auf mich war – ist so groß – daß selbst jetzt – nein, nein, unmöglich, jetzt nicht mehr! Nachdem ich in Ihnen eine reinere Frauennatur kennen gelernt habe, kann mich ein solches Wesen nicht mehr fesseln. Wol gedenk' ich des Augenblicks, als ich auf der Schloßruine mir sagte: Wer ist dieses sanfte, himmlisch milde Mädchen! Denn daß Sie Frau, daß Sie zu der wilden Gesellschaft unter den Eichbäumen gehörten, wäre mir nicht beigefallen. Feodore trat uns entgegen. Das Glas entsank ihrer Hand. Sie hatte nicht geglaubt, daß ich von Paris, wo wir uns nach einer heftigen Scene trennten, ihr je wieder folgen könnte. Aber so ängstlich, so zärtlich war meine Sorge um sie, daß ich zitterte, sie könnte vielleicht darben, und was hatte ich selbst ihr zu geben? Ich mußte spielen. Ich war nicht glücklich in Baden. Einsam streift' ich oft in den Bergen umher und saß verzweifelnd auf einem Steine, während Feodore in der Gesellschaft lachte und tändelte. Und dennoch liebte sie mich! Ich wußte, daß unter allen Umständen ich vor jeder andern Verbindung den ersten Platz behielt. Das sah ich, als ich eines Abends zu ihr trat und eine nach vielem Misgeschick endlich mühsam erspielte Summe vor ihr auf den Tisch rollte. Hätt' ich ahnen können, daß Sie damals vielleicht den Klang dieses Goldes hörten!

Otto, sagte an jenem Abend Feodore sicher und fest zu mir, Otto, ich nehme dies zum letzten Mal von dir, aber ich gelobe, daß wir uns nun für immer trennen! Zornig loderte ich auf. Beruhige dich, antwortete sie, mein Herz wird dir bleiben, aber meine Hand gedenk' ich in die eines Mannes zu legen, der spätestens in einem Jahre von einem in keiner Hinsicht ihm angemessenen Verhältnisse frei wird. Sie nannte mir den Namen Ihres Gatten, eines jungen Mannes, dessen guten, aber unbedeutenden Sinn ich schon auf der Universität kannte, einen Bequemlichkeitsmenschen, der eine Frau nur zu seiner Unterhaltung haben will und mit dem allerdings die ewig aufgeregte und Andere aufregende Feodore besser stimmt, als mit einem Wesen, das selbst Aufmerksamkeit und Liebe verlangt. Dieser Erklärung setzt' ich in meiner damaligen Verblendung noch die heftigsten Einsprüche entgegen. Da aber Graf Wartenberg reich, da durch ihn für meines unglücklich geopferten Freundes Zaluski Kinder am väterlichsten gesorgt werden kann, so sah ich allmälig dieser Schicksalswendung mit stumpfer Gleichgültigkeit zu, bis ich Andeutungen einer wunderbar seltsamen Beziehung zu Ihnen selbst empfing. Feodore, die nicht ahnte, daß die Ursache eines wirklichen Bruches des von ihr untergrabenen Bundes ich selbst werden konnte, wurde von der heftigsten Eifersucht ergriffen, schrieb mir Alles und verzweifelte über eben Das, worüber sie triumphirte. Ich hatte zur Vervollständigung meiner geognostischen Studien noch Sicilien zu bereisen und gelobte mir nicht eher zu ruhen, bis ich in Ihre Nähe kam, Sie sähe, Ihnen... doch es ist gelungen, ich sehe Sie... in demselben Augenblicke, wo mein Loos entschieden ist, jetzt vielleicht doch Feodoren zu meiner Gattin nehmen zu müssen.

Und warum das? fragte Imagina hastig.

Ist Ihnen unbekannt geblieben, fuhr Otto von Sudburg fort, daß Ihres Gatten Trennung von Ihnen an unübersteigbare Hindernisse gebunden ist? Der Staat scheidet nicht, ohne einen vom Gesetz vorhergesehenen Grund, der den fernern Bestand des ehelichen Friedens unmöglich macht. Der Advocat, der Ihre Sache führt, erklärt Ihre Tagebuchblätter für eine Phantasie, für eine dichterische Eingebung und beweist durch die geschicktesten Entwickelungen Ihres Geistes und eines schon früh sich zeigenden Talents, daß Sie einen Roman zu schreiben beabsichtigten, den Sie selbst nicht erlebt hätten. Ihre eignen Erklärungen sind so ausweichender Natur gewesen, daß kein Zeugniß einer gegen August bewiesenen Untreue vorliegt, und die Trennung findet unter diesen Umständen um so weniger statt, als sich der Graf bei seiner Anwesenheit in Berlin überzeugt hat, wie ungern der Hof, dem er vorgestellt wurde, von Ehetrennungen in der hervorragenden Gesellschaftssphäre etwas hören will. Die Aussicht, den Kammerherrentitel zu erhalten, ist ihm zu lieb, als daß er noch wagen dürfte, in dieser Sache weiter zu gehen, als seine Ehre verlangt. Feodore resignirt, Gräfin von Wartenberg zu werden, und mein dem sterbenden Freund gegebenes Gelübde zwingt mich, den Irrfahrten seiner Gattin und der bedrohten Zukunft seiner Kinder fünf Jahre nach seinem Tode dadurch ein Ende zu machen, daß ich mein Wort erfülle, in meine Heimat zurückkehre und einen Bund fürs Leben schließe, der, ich ahne es, noch die Quelle der unsaglichsten Leiden für mich werden wird, vielleicht mein früher Tod.

Imagina sah den jungen Mann voll schmerzlichsten Mitleids an. Als ihre Mienen auszudrücken schienen, ob hier keine Rettung wäre, reichte ihr Otto einen Brief Feodorens, den sie in großer Aufregung durchflog. Sie schrieb, daß August ohne den offenbarsten Beweis *gegen* Imagina für sie verloren sei. Sie fuhr fort, daß sie diesen Verlust ertragen würde, wenn sie ihn nicht durch die Qualen der Eifersucht erkaufen müßte. Sie würde sich nie von Otto trennen, sie würde nie zugeben, daß eine Andere sich seines Besitzes rühmen dürfe, sie beschwöre ihn bei dem blutigen Haupte ihres von ihm geopferten Gatten sein Gelübde zu erfüllen und im Augenblick von dem ihr jetzt verhaßten italienischen Boden heimzukehren.

Und Sie zittern jetzt vor diesem Bunde? fragte Imagina nach einer langen Pause nachdenklich, indem sie Otto betrachtete, der allerdings ein Antinous an Schönheit und wol fähig war, einer Frau werthvoller zu bleiben, als die glänzendste Verbindung.

Er wird den Fluch meines Lebens erfüllen, rief Otto schmerzlich aus. Hinschmachten werd' ich in den Fesseln dieses dämonischen Weibes, das den Zauber besitzt, mitten in ihren Herzlosigkeiten mich wieder an sich zu fesseln. Ein elendes Leben werd' ich hinsiechen an der Seite einer Frau, der der Friede meiner Heimat, der Beruf meiner Existenz nie genügen wird. Fort vom heimischen

Herde wird sie mich führen, in alle Strudel eines wilden, genußsüchtigen Lebens wieder stürzen; ich werde entweder den unterirdischen Gewalten oder in einem Moment der Verzweiflung, dem Nichts verfallen.

Imagina warf einen langen mitleidsvollen Blick auf den jungen, an Schwäche des Herzens leidenden Mann, dem der Gram doch schon bedenkliche Furchen über die edle hohe Stirn gezogen hatte. Ein gewaltiger Entschluß kämpfte in ihr, dann erhob sie sich, sagte, Otto möchte eine Weile in den auf dem Tische liegenden Zeichnungen blättern, und versprach, das Zimmer verlassend, in wenig Augenblicken zurückzukehren.

Otto sah sie im Nebenzimmer verschwinden und, überwältigt von ihrem Zauber, breitete er die Arme hinter ihr aus ins Leere. So blieb er eine Weile wie ein Verzückter stehen und sank erschöpft auf seinen Sessel zurück.

Es währte lange, bis Imagina zurückkehrte. Er griff nach einem kleinen Portefeuille und blätterte in den zierlichen saubern Bleistiftskizzen. Ein phantastisches Blatt fesselte ihn. Von sinnigen Arabesken eingerahmt, sah er ein Mädchen, das Imagina glich, in einem Schachte schlummern. Ein Engel schwebte ihr zu Häupten und deutete mit einem Lilienstengel an die Felsenwand, die sich zu öffnen schien, denn der kluge Kopf eines Zwergen lauschte aus ihr hervor. Er schlug um. Dasselbe Mädchen in einer Stalaktitengrotte, lauschend hinter einem förmlichen Strauch von sauber und richtig gezeichneten Erzblumen, lauschend einer Versammlung des Königs der Elfen. Ein drittes Blatt behielt dieselbe Scene, aber dem gekrönten Haupte stand in Flammen ein Riese gegenüber, der, umgeben von Teufelslarven, in Verhandlungen mit den guten Geistern begriffen schien. Für das Verständniß des Einzelnen fehlte ihm der Schlüssel, aber ein Student im altdeutschen Rock rief ihm seine holde breslauer Jugendzeit zurück! Als er in den Arabesken die charakteristisch angedeuteten sieben Todsünden erkannte, fiel es ihm heiß aufs Herz. Er sah sich auf einem andern Blatt als Spieler, sah sich irrend im Gebirge und Steine suchen, sah sich auf der Schloßruine und immer deuteten die um die Zeichnung gaukelnden Arabesken, diese kleinen Larven und Thiere und Metalle und Figuren, wie ein Commentar den Zusammenhang der sinnigen Geschichte an. Auf jedem Blatte hatte der Fürst der Hölle eine seiner Todsünden schon *zurückerhalten*, bis *nur* noch die letzte in der Gewalt seines bekümmerten Vaters blieb, Acedia, die blasirte Herzensgleichgültigkeit, das leibhafte Antlitz Feodore Zaluska's.

In dem Augenblicke, als er schaudernd die Macht seines Schicksals fühlte, kehrte Imagina zurück, zeigte ihm einen eben versiegelten Brief und sagte: Lesen Sie diese Abschrift, die ich zurückbehalten.

Otto las: »An den Justizrath D. in Breslau. Ew. Wohlgeboren geb' ich hiermit nach langem und hoffentlich nicht zu spät kommendem Zögern die Erklärung, daß ich meinen Rechtsanwalt beauftragen werde, die Form seiner bisherigen Vertheidigung fallen zu lassen. Ich fühle mich des gegen mich erhobenen Verdachts schuldig und ersuche Sie auf Grund einer von mir begangenen Untreue, die ich eingestehe, den Richter zu bestimmen, mich vom Grafen von Wartenberg, wie er gleich anfangs gewünscht, zu scheiden. Mit Achtung zeichnend Imagina Unruh.«

Otto fühlte die Folgen dieser hochherzigen Erklärung. Besinnungslos hielt er das Papier in der Hand und stammelte unhörbar: Gerechter Gott – Sie könnten –

Nein, ich thue, was ich muß, sagte Imagina. Ich will Sie ja nur erlösen, lächelte sie. Dann fuhr sie ernster fort: Was uns selbst wahr ist, sei es auch der Wirklichkeit und wirklich sei es aller Welt. Feigheit dünkt mich, zu sagen: Was ich schrieb, das waren Träume! Es sind Träume gewesen; aber kann uns das Unsichtbare gehören, wenn wir unsere Träume verachten? Was ich mit den *Gedanken* durchlebt habe, ist so gut eine That, wie Das, was ich mit meiner Hand vollführe. Ich *bekenne* mich schuldig; ich muß es, um mich selbst zu achten.

Imagina! rief Otto überwältigt und stürzte der Gräfin zu Füßen.

Stehen Sie auf! sagte sie beklommen.

Nein! rief Otto. Machen Sie Ihre Träume vollends wahr! Lassen Sie sich von meinen Lippen das Geständniß einer über den Tod hinausgehenden Liebe gefallen! Veredeln Sie mich durch ihre Liebe!

Stehen Sie auf! sagte Imagina sanft. Warum den Dank in dieser Form?

Nein, ich bin gerettet, aber ich erhebe mich nicht früher, fuhr Otto leidenschaftlich fort, bis ich weiß, ob die reinste, edelste Flamme der Liebe die Schlacken meines vergangenen Lebens vollends verzehren und ich in dem heiligen Namen Imagina wieder neu geboren werden darf!

Sie sind frei, Otto von Sudburg, sagte die Gräfin ohne Leidenschaft, Sie haben das Gelübde an Ihren sterbenden Freund gelöst. Feodore wird die reiche Gräfin von Wartenberg werden. Ziehen Sie in Ihre Berge, werfen Sie sich an das Herz der guten Mutter Erde, werden Sie in ihrem Beruf wieder jung, werden Sie hoffnungsvoll, werden Sie ein Mann!

Otto erhob sich und konnte in seinem Auge die Thränen nicht verbergen. Das Gedicht dieser Blätter wollen Sie nicht völlig wahr machen? fragte er; Ihr Herz soll Dem nicht gehören, von dem es träumte?

Mit verklärtem heiligem Lächeln antwortete Imagina: Es muß nicht Alles irdisch enden! Was ist es denn, das uns zusammenführte? Sagt' ich denn: ein leerer Traum? Nein, ich glaube an eine Geisterwelt, an der wir selbst einst Theil nehmen werden. Ich glaube, daß Millionen Neigungen und Empfindungen unsichtbar in den Lüften schweben und holdselige Amoretten oft mit ihren Rosenbanden Wesen verflechten, die in der sichtbaren Welt stumm und kalt aneinander vorübergehen müssen. Dort dereinst treten diese verborgenen Freuden und Leiden, diese ungestandenen Neigungen ebenso in eine ungeahnte neue Wirklichkeit, wie, zur Strafe freilich, mancher hier zurückgehaltene böse Haß und Groll... Für diese Welt... leben Sie wohl!

Otto konnte sich nicht trennen. Er ergriff ihre Hand und benetzte sie mit heißen Thränen.

Vergebens, sie blieb bei ihrem Entschluß und bat mit sanfter Milde: Ich habe Sie von Ihrem Schicksal erlöst. Ziehen Sie in Ihre Berge!

Als aber Otto nicht nachgeben, nicht in seinen Bitten um Liebe sich mäßigen konnte, da kam ihr ein heiliger Gesang zu Hülfe, der die Straße herauftönte. Eine glänzende feierliche Procession wallte einer nahegelegenen Marienkirche zu und in den heiligen Klängen, die der himmlischen Liebe geweiht waren, mußten die Bitten der irdischen verstummen. Imagina trat hinaus, neigte ihr Haupt auf die Lehne des Balkons, kniete, und da sie im Gebet verharrte, so lange Otto blieb, da sie nicht wieder aufsah und er nicht wagte, ein Wesen, das ihn gerettet hatte, von ihrer stillen Andacht abzuziehen, so trat er nur noch leise zu ihr heran, sagte: Imagina, ich hoffe auf die Zukunft! und entfernte sich feierlich wie aus einem Gotteshause.

Als er fort war, athmete Imagina wie befreit auf und bereitete ihre Rückreise nach Rom vor, wo sie seither, bald darauf wirklich von August, der Feodoren heirathete, geschieden, nur der Kunst lebt. Seither sind zwei Jahre verflossen... In der Kunst durfte sie mit Recht die wahre Bedeutung und Verklärung ihres Wesens finden. Unter vielen treffenden und sinnigen Rechtfertigungen ihres Entschlusses an ihre Erzieherin und den wohlwollend gebliebenen Vater findet sich auch folgende Stelle, mit der wir dieses Gemälde eines poetischen Lebens, das wir vielleicht später einmal durch die Geschichte der *zweiten* Ehe August's ergänzen, vorläufig schließen wollen:

»Die *Grenze*, die dem Ideal das Dasein zieht, erscheint uns nur dann nicht mehr grausam, wenn sie sich zu einer schönen Form in der *Kunst* verkörpern kann. Wer diese Grenze mit dem *Pinsel* oder der *Feder*, mit einem *Instrument* oder dem schönen Ton der eignen *Stimme*, wer sie auch nur mit dem gesprochenen Wort und dem sich selbst beschränkenden schmucklosen und darum eben schönen *Erguß des Herzens* beschreiben kann, der ist wahrhaft ein Dichter und, was mehr ist, ein glücklicher Mensch.«

Über tredition

Eigenes Buch veröffentlichen

tredition wurde 2006 in Hamburg gegründet und hat seither mehrere tausend Buchtitel veröffentlicht. Autoren veröffentlichen in wenigen leichten Schritten gedruckte Bücher, e-Books und audio-Books. tredition hat das Ziel, die beste und fairste Veröffentlichungsmöglichkeit für Autoren zu bieten.

tredition wurde mit der Erkenntnis gegründet, dass nur etwa jedes 200. bei Verlagen eingereichte Manuskript veröffentlicht wird. Dabei hat jedes Buch seinen Markt, also seine Leser. tredition sorgt dafür, dass für jedes Buch die Leserschaft auch erreicht wird.

Im einzigartigen Literatur-Netzwerk von tredition bieten zahlreiche Literatur-Partner (das sind Lektoren, Übersetzer, Hörbuchsprecher und Illustratoren) ihre Dienstleistung an, um Manuskripte zu verbessern oder die Vielfalt zu erhöhen. Autoren vereinbaren direkt mit den Literatur-Partnern die Konditionen ihrer Zusammenarbeit und partizipieren gemeinsam am Erfolg des Buches.

Das gesamte Verlagsprogramm von tredition ist bei allen stationären Buchhandlungen und Online-Buchhändlern wie z. B. Amazon erhältlich. e-Books stehen bei den führenden Online-Portalen (z. B. iBookstore von Apple oder Kindle von Amazon) zum Verkauf.

Einfach leicht ein Buch veröffentlichen: **www.tredition.de**

Eigene Buchreihe oder eigenen Verlag gründen

Seit 2009 bietet tredition sein Verlagskonzept auch als sogenanntes "White-Label" an. Das bedeutet, dass andere Unternehmen, Institutionen und Personen risikofrei und unkompliziert selbst zum Herausgeber von Büchern und Buchreihen unter eigener Marke werden können. tredition übernimmt dabei das komplette Herstellungs- und Distributionsrisiko.

Zahlreiche Zeitschriften-, Zeitungs- und Buchverlage, Universitäten, Forschungseinrichtungen u.v.m. nutzen diese Dienstleistung von tredition, um unter eigener Marke ohne Risiko Bücher zu verlegen.

Alle Informationen im Internet: **www.tredition.de/fuer-verlage**

tredition wurde mit mehreren Innovationspreisen ausgezeichnet, u. a. mit dem Webfuture Award und dem Innovationspreis der Buch Digitale.

tredition ist Mitglied im Börsenverein des Deutschen Buchhandels.

Dieses Werk elektronisch lesen

Dieses Werk ist Teil der Gutenberg-DE Edition DVD. Diese enthält das komplette Archiv des Projekt Gutenberg-DE. Die DVD ist im Internet erhältlich auf **http://gutenbergshop.abc.de**

Zeitfracht Medien GmbH
Ferdinand-Jühlke-Straße 7
99095 Erfurt, Deutschland
produktsicherheit@kolibri360.de